私の人生遍歴

―七転び八起きのチャレンジ

行安　茂

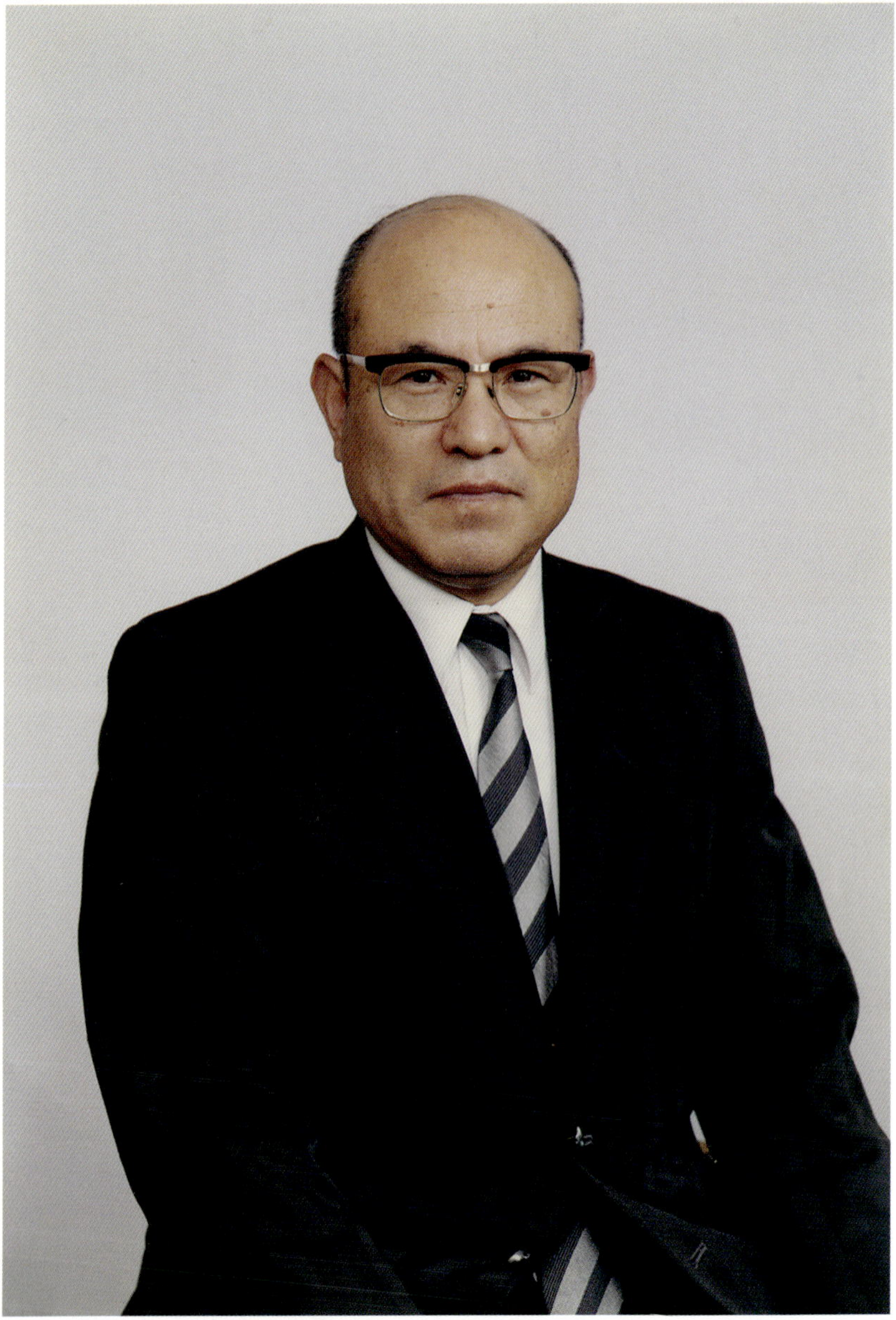

平成６年　63歳
岡山大学教育学部附属小学校校長時代

筆者の生家（岡山県御津郡津賀村大字広面）
右端

昭和29年２月
岡山大学在学当時

昭和13年４月
津賀東小学校入学当時

昭和36年４月　京都市
南区借家の玄関前

平成24年春の叙勲（瑞寶中綬章）の受章のため
ホテル・オークラにて（皇居へ出発前）

昭和45年４月　長男小学校入学当時
（左から博子、筆者、政樹、茂樹）

平成24年４月29日瑞寶中綬章
の受章記念

私の人生遍歴

——七転び八起きのチャレンジ

まえがき

本書は三部構成である。第一部「私の歩んできた道―失敗から再チャレンジへ」は二〇項目から成っているが、これらは四つの時期に大別される。

第一の時期は小学校時代から大学院博士課程の修了まで（昭和一三年―同三六年）である。この時期の大きな転換期は四つの経験をしたことであった。第一は中学校二年生の三学期のとき自分の意志で自転車通学から下宿生活へ転換したことである。親には事前に相談は全くしなかった。第二はアメリカの進駐軍夫妻がジープの運転ミスで吉備中央町の県道から谷川の河原へ転落していたのを見て一人で救助の行動をしたことである。中学校三年生のときであった。第三は中学校から新制高校時代のとき河合栄治郎の教養書を読み、弁論部に入部したことである。これは私が生徒会長に選出された一因となった。第四は岡山大学教育学部附属中学校の教育実習のとき、指導教諭とのトラブルのため四項目の評価がすべて「可」であったので教員志望を断念し大学院進学を決心したことである。第五は大学院時代を通して坐禅の井上義光老師から坐禅と西勝造医師から痔核の手術後の健康法とを学んだことである。以上の経験は私の人生遍歴の原点であり、大きな転機であった。

第一部の第二の時期は大学院修了後から京都女子高等学校および新設岡山理科大学に就任し、その間国内および海外に留学した経験である。私は山本空外先生の推薦により京都女子高等学校に昭和三六年四月から同三九年三月まで勤務した。その間私学研修福祉会の国内研修員として広島大学文学部倫理学研究室に六ヶ月間内地留学した。私はその期間に同期生の植山肇君（広島英数学館教務主任）と偶然出会い、かれの推薦により新設岡山理科大学の教員公募に応募した結果、専任講師として採用された。岡山理科大学在職中私は二つの大きな転期を迎えた。それは昭和四〇年二月二二日広島大学から文博博士の学位を授与されたことであり、もう一つは昭和四七年五月一日から同四八年四月三〇日まで私学研修福祉会の在外研修員としてオックスフォード大学（ベイリオル・カレッジ）に留学したことである。さらに同四八年四月二三日に南イリノイ大学で「グリーンとデューイ」と題した講義の機会がエイムズ教授によって与えられたことは私のその後の研究に画期的な影響を与えた。

第一部の第三の時期は岡山大学教育学部在職時代である。この時代は昭和五〇年四月から同大学を停年退職するまでの平成九年三月までである。この時代の教育研究活動は四つに分類される。第一に学内の活動として二つの中間管理職があげられる。これらは教育実習研究指導センター長と附属小学校長の管理職である。いずれの仕事も実り多いものであった。第二にシンガポールで開催されたＩＣＥＴ（国際授業教育会議）で私は岡山県の初任者教育計画についての研究を報告をした。この時期に私は岡山県道徳教育研究会の会員一六名を引率し、韓国（大邱市）の学校教育を視察した。いずれも世界の初任者教育および韓国の教育の現状を知る上において有益であった。

第三に岡山県教育委員会、岡山市教育委員会、倉敷市教育委員会等の依頼を受け、県下の地域が直面している諸問題の解決のための各種委員会の委員長として二〇種以上の報告書をまとめた。これは地域貢献活動として評価された。第四は国内および海外での研究活動である。昭和五一年三月二六日、私は日本イギリス哲学会設立発起人の一人として参加し、以後理事として活躍してきた。次に一九八二年九月一六日―一八日、オックスフォードで開催された「T・H・グリーン没後百年記念会議」に出席したことは私のその後のグリーン研究の幅を広げる上において有益であった。

第一部の第四の時期はくらしき作陽大学在職の平成九年四月から同一四年三月までの五年間である。私は平成一〇年八月六日から八月一〇日まで中国（洛陽市）を岡山県道徳教育研究会会員一六名と共に訪問し、同市の副市長および教育関係者に会い、教育の現状と課題について話し合った。さらに私は「T・H・グリーンと現代哲学」（二〇〇二年九月）の会議で報告するため平成一二年（二〇〇〇）年頃からその準備をした。この会議に出席したのはくらしき作陽大学退職後であった。

本書の第二部は恩師の回想記である。私の現在があるのは、小学校から大学院までの間指導をいただいた恩師のお陰である。この回想記はこれらの恩師への感謝の一念から書いたものである。第三部は祖父母、両親、二人の兄と一人の姉から私は物心両面にわたって援助を受けていたことを思い出し、感謝の気持ちの一端を述べたものである。

私の人生遍歴 ―七転び八起きのチャレンジ ◎ 目次

第一部　私の歩んできた道　―失敗から再チャレンジへ―

1　私の家庭環境と小学校時代　13
2　戦時中の旧制金川中学校への通学と戦後の下宿生活　18
3　新制金川高等学校中途退学から岡山青年師範学校二年次への編入　24
4　岡山大学在学中に学んだアメリカ社会学と教育実習の経験　30
5　岡山大学三年次・四年次の勉強と大学院への進学準備　34
6　広島大学大学院の七年間の研究遍歴と生活環境の変化　37
7　大学院時代に学んだ坐禅と西式健康法　43
8　京都女子高等学校時代と私学研修福祉会の内地留学　47
9　新設岡山理科大学の中間管理職とオックスフォード大学への留学　51
10　オックスフォード大学から南イリノイ大学へ　55
11　エイムズ教授との交流と南イリノイ大学での講義　60
12　国立大学の教員採用公募への応募とその失敗　66
13　岡山理科大学から岡山大学への転出と私の教育研究活動のスタート　71
14　岡山大学の中間管理職と国際会議―シンガポールと韓国訪問―　76
15　岡山大学時代の社会的貢献活動と岡山県下の教育委員会との連携　86
16　くらしき作陽大学時代と中国の教育視察　92
17　オックスフォードの国際学会への出席と帰国後の学会の設立　98

18 私の道徳教育への関心と関西道徳教育研究会……105
19 日本道徳教育学会への入会とその活動遍歴……110
20 岡山県立金川高等学校校友会会長時代と岡山県高校再編の問題への対応……117

第二部 恩師の回想と感謝
1 津賀東小学校時代の二人の恩師—黒瀬徹子と能勢輝夫—……127
2 旧制金川中学校・新制金川高等学校時代の二人の恩師—津島環と角田敏郎—……133
3 岡山大学時代の三人の恩師—虫明汎・小原美高・古屋野正伍—……135
4 広島大学大学院時代の二人の恩師—森滝市郎と山本幹夫（空外）—……141

第三部 家族の思い出と感謝
1 祖父の家系と祖母の思い出……149
2 父の婿養子と一人娘の母……151
3 兄（行安彼土志）の生涯と筆まめの才能……157
4 次兄（太田弘輝）の若き日の進学意欲と私の進路指導……161
5 姉（荒木晴子）の娘時代の手紙に見る弟思い……166
6 四畳半の新婚生活と貧乏院生……169

略年譜および主要著書……176
著者紹介……183
あとがき……184

第一部

私の歩んできた道

―失敗から再チャレンジへ―

1　私の家庭環境と小学校時代

私は昭和六（一九三一）年四月二〇日、岡山県御津郡津賀村（現吉備中央町）大字広面一六三二番地に生まれた。御津郡津賀村は旭川の支流の宇甘川とその支流の加茂川とに囲まれた起伏に富んだ、交通不便な寒村であった。小学校の隣は鴨神社（式内郷社）であって古来加茂郷の中心地であった。小学校の下一〇〇メートル付近に役場、警察署、農業協同組合の事務所および倉庫があった。津賀村は昭和七（一九三二）年に近隣の菅谷村（吉備郡）と福山村（御津郡）とが合併して誕生した新しい村名である。この合併により小学校は津賀西小学校と津賀東小学校の二つの小学校がスタートした。

私が通学した津賀東小学校までの距離は自宅から片道四キロメートルであった。わらぞうりをはいて通常走って登校していた（一年生から高等科二年生まで約十数人）。一クラス三〇人であった。私の家は広面という集落の中では山の中腹にあり、広面の中で最も遠い距離にあった。平地の県道（現在の国道四二九号線）から自宅までは約三〇〇メートル以上の坂道である。登校するときは自宅から県道まで走って下り、県道で他の仲間と合流して学校まで通常走って登校した。草履をはいて素足であるからときどき足の親指が石につまずいて出血することもあったが、そのまま走った。自然治癒力によって出血もいつしか止まっていた。

私の家族は五人兄弟姉妹であり、私は末子（三男）であった。三歳上の姉（次女）がいたが、五歳のとき死亡した。家の職業は農業（約一町三反、一・三ヘクタール）であった。父は大工の棟梁として住み込みの弟子二人を連れ、ときには一週間の宿泊で建築の仕事に出かけることもあったが、建築の仕事がないときは母と共に農作業に忙しい毎日を送っていた。祖父も農業をしていたが、炭焼きをし、炭俵二五〇俵を製造し、販売していた。私の家では稲の耕作面積が広く、しかもその田圃は三方面に分かれており、自宅からそこまで稲作道具をもって歩いて行く時間が約四〇分間かかった。父母、祖父、私の四人が田植え、稲刈りなどをし、昼食は持参した弁当を開いて食べた。昭和一五年四月から長兄は召集により北支（中国）へ出征し、次兄は岡山市の吉備商業学校を首席で卒業し、東京の第一銀行本店に就職した。姉は岡山市の岡山高等女子職業学校三年次へ編入学した。私は当時小学校三年生であり、農業の手伝いをさせられた。学校から県道を広面に向かって下校する途中、田圃の中で農作業をしている父母や祖父の労働の手伝いをした。その手伝いは次のような仕事であった。

① 田植え、稲刈り、稲束を運ぶこと、竹や木で三段に組み立てた、稲束を乾燥するための木組みに登っている祖父に稲束を渡す仕事。
② 稲こぎ（稲束の籾《もみ》を稲束から分離する機械を足で踏みながら回転させる脱穀機）の手伝い。
③ 脱穀機で分離した籾をむしろに入れて天気のよい日に乾燥させる労働（主に母や祖母の仕事）の手伝い。
④ 籾摺機《もみすり》（発動機とワンセットになった機械）によって家族や近所の大人が共同作業する手伝い。

現代では①は田植機、②③④は一台の機械によってすべての仕事ができるようになっている。しかし、昭和一〇年代から同二〇年代までは現代では想像ができないほど大人も子どもも農作業に忙しく従事した。以上の仕事の他に田圃の畦の草刈り、山の下刈り、畑の耕作（大豆を播くための畑の土の溝切り等）の手伝いもあった。お陰で鍬の使い方や鎌の磨ぎ方や使い方を覚えることができた。それは今も大変役立っている。

以上のような家庭環境であったから宿題・復習・予習をほとんどしない毎日であった。従って四年生から次第に学力が低下した。東京の兄さんからは勉強を激励する手紙が絶えず届いた。昭和一六年四月から兄は中央大学専門部法学科第二部へ入学し、昼は第一銀行本店の勤務、夜は夜学という二重の生活をしていた。私は昭和一六年四月から四年生であり、小学校は全国一律に國民学校と改称された。教育制度がこの年から変更され、日本は忠君愛国を尊重する国家主義の教育体制となった。従ってカリキュラムが大きく変更された。昭和一六年一二月八日、日本は米英に対し宣戦を布告し、ハワイの真珠湾攻撃によって太平洋戦争が勃発した。同年四月から津賀東小学校は津賀東國民学校と改称された。六年生のときの卒業証書は左のとおりであった。

私は津賀東國民学校四年生から学力が次第に低下し、生活も荒れてきた。父は農業の手伝いを強要するし、東京の兄や岡山の姉は勉強をするように励ました。私は子どもなりに矛盾を感じ、性格は反抗的となった。四年生の算数の時間のとき、机や椅子をがたがた動かしながら不真面目な態度であった。担任の吉岡絹先生は「行安さん、外へ出なさい」と叱った。私は机や椅子を足で蹴って運動場へ飛び出た。当時、私は副級長をしていた。授業が終わってから級長の杉本重章君が私を呼

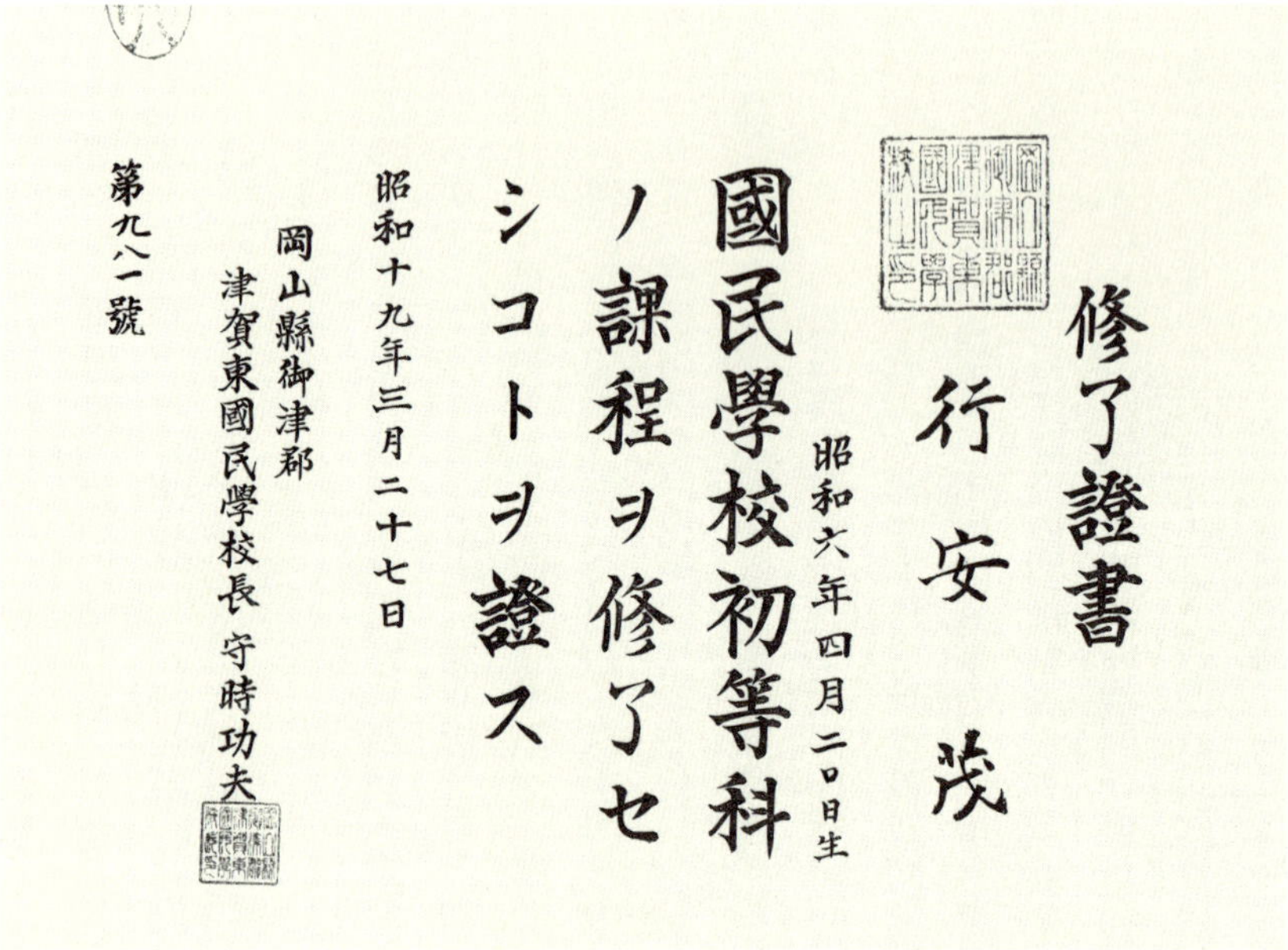
修了證書

行安 茂

昭和六年四月二〇日生

國民學校初等科ノ課程ヲ修了セシコトヲ證ス

昭和十九年三月二十七日

岡山縣御津郡

津賀東國民學校長 守時功夫

第九八一號

びに来て「吉岡先生のところへ行くように」と伝えた。私は担任の教卓の前に立ってときどき外を眺めていた。先生は「行安さん、なぜあのような態度をとったのですか」という意味の質問をされた。私は無言のままであった。先生は眼から涙を流し、ハンカチで目の下を拭いていた。私は当時算数の内容が理解できず、自分の学力の低さと知識の不足に悩んでいた。この劣等感が私の態度を不真面目にしたのであった。

　長兄、次兄、姉は小学校六年間、高等科二年間はすべてクラスでトップの成績であり、卒業のときは優等賞を授与されていた。私は兄や姉に比べてやや劣等生であると僻んでいた。この劣等感が私を反抗的にした。私は先生に対してのみならず、悪い上級生に対しても反抗的であった。三歳年長の男子生徒を中心としてわれわれは野球を広面の神社の境内でやっていた。その悪友がピッチャーであり、私がキャッチャーであった。私は悪友の投げるボールを受けとめることができず、ボールは谷川の草むらの中へ落ちてしまった。後で捜したが、ボールは見つからなかった。悪友は私に家から金品を持ち出して弁償せよと要求した。私は家から無断で金品を持ち出すことはできなかった。そのためかれと私との間でトラブルが起こり、人間関係は悪化した。昭和一八年三月、かれが卒業したので、私はやっと解放され、安心した覚えがある。

私は六年生になって進学組（男子三人、女子一人）に入り、二学期から補習授業を受けた。当時は入試は口頭試問であり、その内容は日本史や時事問題であった。その年の夏休みに東京の兄は帰省した。兄は私の進学について担任（日名章夫）に相談に行ったようであった。私は二学期には級長を命じられた。しかし、私の知識・学力は四人の仲間（杉本重章、山崎　茂、片山秀雄、行安茂）の中では最低であったと思っている。東京の兄は私の学力を正しく知ってはいなかったようである。兄は私を岡山の一中（現岡山朝日高校）か二中（現岡山操山高校）に進学させたいようであった。私はこれらの名門を受験した記憶があったが、結果は不合格であった。第二志望の旧制金川中学校に私は入学し、自宅から自転車で金川まで通学した。これが父の希望でもあった。

2　戦時中の旧制金川中学校への通学と戦後の下宿生活

私は朝五時すぎに起床し、家の裏の小さな池の傍へ行き、全身素裸になり、頭から水をかけ、行水をしてから洗面した。四月とはいえ、寒村の広面集落ではまだ寒く、行水をすれば水煙がぱっと飛び散る寒さであった。江戸時代のある学者はこのようにして立志したことを聞いていた。私は志を少年ながら強くしたのであった。朝食後（六時）に家を出発し、小高い山の尾根に向かって山道を登り、宇甘西村鼓田（現岡山市北区虎倉）と津賀村の境の峠に達し、ここから急な坂道約三キロメートルを走って下りた。平地にある河原堅様の家に預けている自転車に乗り、金川まで一二キロメートルの県道を友人数人と共に自転車で通学した。一番困ったことは私の自転車が中古であったので、チェーンがよくはずれたり、パンクしたりしたことであった。そのたびに友人がその自転車と私の自転車とを操作しながら、私は別の友人の荷台に乗せてもらい、自転車屋にたどりついた。父は新品の自転車を購入してくれなかったのである。

時代は昭和一九年四月以降のことであり、太平洋戦争は次第に本土空襲が近い状況にあった。同年一学期からは最高学年の五年生が岡山県玉野の鉄工所へ、四年生が相生の播磨造船所へ、二学期から三年生が岡山県玉島の神戸製鋼所へそれぞれ学徒動員として行った。学校には二年生と一年生が残り、旭川の河川の砂地を開墾し、サツマイモを植える勤労奉仕をした。昭和二〇年一月の寒い日、在校生二年生、一年生は全員御津郡上建部村（現岡山市北区建部町）富沢に集合する命令が学校から出た。そこの山麓に鳥取部隊が駐留し、壕を掘るので、その土を運び出す作業の手伝いをせよというのが目的であった。兵隊はご飯が少なく、空腹を感じているように見えた。その中には「日本は戦争に負けるかもしれない」とささやく兵隊もいた。昭和二〇年八月一五日、校長が朝礼のとき「今日は正午天皇陛下の重大放送があるから聞くように」と話された。在校生は午前一一時ごろ下校した。私がこの放送を友人たちと聞いたのは御津郡宇甘東村（現岡山市北区）高津地区の民家においてであった。日本は戦争に敗けたらしいという放送であったが、日本再建のため国民と共に強く歩んで行こうという趣旨の内容であった。旧制金川中学校の三年生は学徒動員から学校に帰り、翌二一年三月まで再び教室で勉強するようになった。生徒の気風は全般的に荒れているように見えた。

昭和二一年四月からは私は三年生になるが、将来を考え金川町に下宿したいと考えた。父は従来どおり自転車通学を望んでいた。下宿をすれば支払いが高くなるので父はこれに反対であるように見えた。しかし、私は下宿をしなければ勉強時間をキープすることができないので、父に相談することなく下宿屋を探した。幸運にも、一級上の片山新吾さんに紹介してもらってかれが下宿しているおばさんに打診してもらったところ、「ＯＫの意向だ」と私に伝えてくれた。私は早速このおばさん（六五歳ごろ）に会い、毎月の下宿代について交渉した。その結果、一ヶ月の下宿代は米一斗（一五キログラム）と私が食べる米（一ヶ月一斗）の条件であった。私はこの条件を受け入れた。家に帰って母に相談したところ「倉の米を持って行けばよい」と同意した。父はこの条件を黙認していた。昭和二一年四月からは金川町に下宿することができ、勉強時間を十分もつことができた。

下宿先と学校との距離は一五〇メートルほどであった。この経験は私にとってはその後の人生の転機を乗り越える大きな励みとなった。その励みとは人生は独力で突き進むことと未知の人とコミュニケーションをとる勇気とが大切であるということであった。

私は金川町の下宿先（「三月屋」）に昭和二一年四月から同二三年三月まで二年間お世話になった。この間において私は二つの大きな経験をした。第一の経験は私がアメリカの進駐軍夫妻を助けたことである。戦後の日本にはアメリカの進駐軍が治安のため都道府県にキャンプを張り、パトロールをしていた。私は昭和二一年七月頃、自宅から米（二斗、三〇キログラム）と野菜とを自転車に積み、津賀村広面→上加茂→下加茂→虎倉の県道を日曜の夕方走っていた。宇甘渓（紅葉の名所）の橋にさしかかったとき、県道の下の川の雑草の中に茫然として立っているアメリカ進駐軍夫妻を発見した。「アメリカ人だ、怖い、逃げよう」と思ってその場を走り去ったが、「アメリカ人夫妻を助けよう」と考え、Uターンして引き返した。そしてかれらのところへ近づいて見ると、ジープが横転していた。私は「トラックが間もなく通るのでストップさせ、あなたがたを助けます」といった。やがて岡山から帰るトラックをストップさせ、事情を話したところドライバーは「ジープを県道へ引き上げることは簡単である」という。私は早速とお願いし、トラックからドライバーと助手は太いロープを取り出し、ジープの先端に結びつけ、ドライバーの運転操作に私と助手、アメリカ人夫妻が協力し、ジープを正常に引き起こし、ドライバーが徐々に加速するとジープをするすると県道に引き上げることに成功した。アメリカ人夫妻は大変喜び「サンキュー」の連発であった。私は二人に私の自転車と米・野菜の荷物をジープに乗せて私を同乗させてくれませんかと依頼した。二人は快諾し、私は運転席の横に坐り、金川まで一五キロメートルの道を楽しく話した。私はこの体験によってかれらは決して恐ろしい人ではないことを知った。「鬼畜米英」の教育を受けた私はアメリカ人に対する印象を一八〇度転換した。一五歳のこの経験がその後四二歳のときイギリスへ留学する原点になろうとは夢にも思っていなかった。

第二の経験は金川町の下宿生活の期間中勉強の外に読書として河合栄治郎編『学生と先哲』（日本評論社、昭和一三年一六版）および河合栄治郎編『学生と教養』（日本評論社、昭和一六年廿七版）を読んだことである。中学校三年生から四年生の多感な時代にこれらの二書を読むことによって私は新しい生き方にチャレンジした。その生き方とは弁論部に入って人前でスピーチをすることであった。私は生来内向的でシャイ（内気）な性格であった。小学校時代から手を上げて答えたり、発表したりすることが苦手であった。他方、私は場合によっては大胆に行動する勇気をもっていた。すでに述べたように四年生のとき算数が理解できないため自然に授業妨害の態度をとったのは私の大胆な性格が悪い行動となって現れたのであった。アメリカの進駐軍夫妻を助けたのは私の強い性格が善の行為に現れたのであった。私は河合栄治郎が一高（旧制第一高等学校）時代に弁論部の活動をし、自分の考えや意見を発表することによって多くの友人と交流していたことを知った。私は自分のシャイな性格を真に強くするために弁論部に入った。当時は私は三年生であり、一級上の四年生や一年下級の生徒ら数人と共に部活動をささやかにやってきた。こうしたこともあって三年生、四年生のときはクラスの級長に選ばれた。河合栄治郎の本から私は文章を論理的に書くことの大切さをも学んだ。スピーチをするためには原稿を書く必要があった。そのためには知識を多くもつ必要があり、平素からいろいろな本を読むことが必要であった。この経験は教科の学習に関心をもたせ、その内容を理解するように私の思考力を促進した。中間試験や本試験のときによい答案を書くことができるようになり、成績も次第に向上した。とくに、私は英語の学力が次第に向上してくるのを自覚した。これは、すでに紹介したアメリカ進駐軍夫妻を救助した体験に負うていることが大きかった。四年生になっても私は級長に選出された。当時クラスはA、B、Cの三クラスであり、私はAクラスに属していた。私は旧制中学校四年次の三学期において旧制高校を受験することができる最後のチャンスであることを受験雑誌『螢雪時代』によって知っていた。合格することはできないだろうが、自己の力試しのために旧制松江高等学校を受験することにした。四年次の一年間はその受験勉強のため英語と数学とを中心にして集中的に勉強した。当時、旺文社の社長であった赤尾好夫の「人生とは対立物との闘争の過程である。闘争なきところに進歩なく、進歩なき男には大成は約束されない」という言葉によって激励されたものだが、松江高校受験の結果は予想どおり不合格であった。しかし、このチャレンジは私に新制金川高等学校二年生（昭和二三年四月）の変革期の生き方を勇気づけ、自信をもたせた。昭和二三年四月は新制高等学校が全国的にスタートした年であった。私は自動的に新制金川高等学校の二年生であった。同時にわれわれは旧制金川中学校五年生でもあったから、われわれの中には昭和二四年三月末を以て旧制金川中学校の卒業証書を受領して卒業する生徒もいた。新制金川高等学校の卒業証明書を受領したい生徒は同二四年四月から自動的に三年生に進み同二五年三月に卒業証明書を受領することができた。私は新制金川高等学校三年生に進み同校を卒業する予定であった。ところが、私は以下の状況変化によって六月上旬にこ

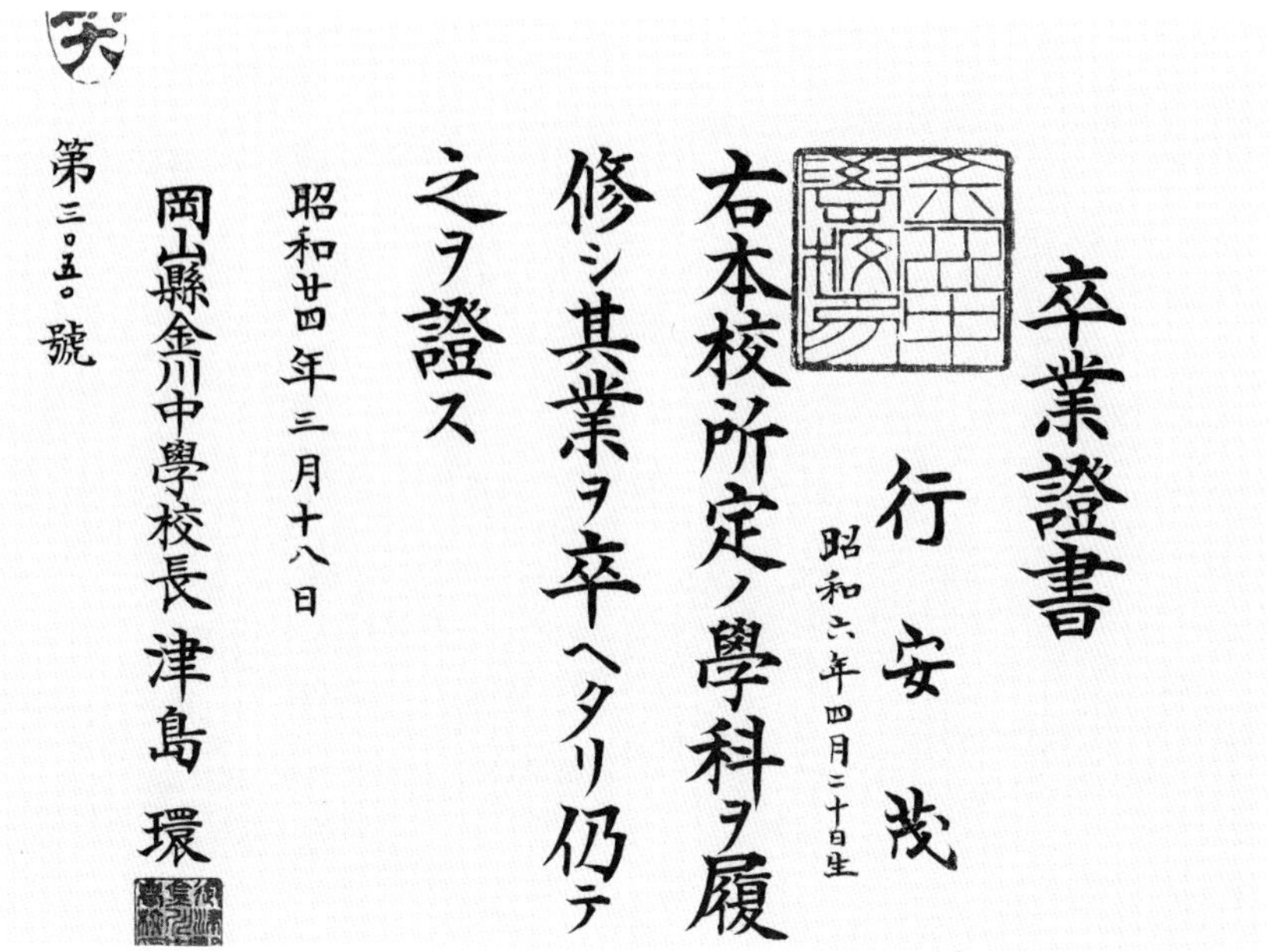

卒業證書

行安　茂

昭和六年四月二十日生

右本校所定ノ學科ヲ履修シ其業ヲ卒ヘタリ仍テ之ヲ證ス

昭和廿四年三月十八日

岡山縣金川中學校長　津島　環

第三〇五〇號

の新制高校を中途退学した。その状況とは以下の環境の変化であった。

私は昭和二三年三月末を以て金川町の下宿先から他の下宿先へ移らざるを得なくなった。最初の下宿先のおばさんが高齢のため世話ができなくなった。そのためこのおばさんは金川町妙覚寺の真向かいの大月淑子様（四〇歳ごろの未亡人）のところへ私を紹介し、ここで世話になったが、一学期間世話になっただけで追い出された。私は別の下宿先を探していたところ、ある友人から金川町裏町の江田様（一人暮らしの六〇代の女性）を紹介された。ここには私の知人で岡山師範学校の学生・藤原増三さん（私より二年先輩）が下宿していた。かれの仲介により江田様の家に下宿することになった。九月から一二月までここで世話になったが、一二月末私はこの下宿屋からも追い出された。藤原さんも追い出された。

理由は私と藤原さんとが張り合って夜遅くまで勉強しているからということであった。藤原さんと私との関係は何らトラブルはなく、よかったのであるが二人とも追放された。

私は寝るところがなく、金もなく、「万事休す」の状態になった。困り果ててしまっていたとき、一つのアイディアが浮かんだ。「そうだ、学校の小使室が広い。あそこで自炊ができる」と考えた。早速、津島環校長に事情を話したところ校長から「使ってよい」と許可をいただいた。私は「使用料をいくら払いましょうか」と尋ねると、「払わなくてよい」との返事であった。私は野宿することなく、少し薄暗い小使室で自由に寝起きすることができて天にも昇る嬉しさであった。私は昭和二三年一二月下旬から岡山県金川高等学校の小使室に宿泊し、自炊生活をするようになった。人生「窮すれば通ず」であった。私は昭和二四年三月一八日、旧制金川中学校の卒業証書を受領すると共に四月から自動的に新制金川高等学校三年生でもあった。

3　新制金川高等学校中途退学から岡山青年師範学校二年次への編入

私は昭和二四年一月から新制金川高校の小使室へ寄宿することになった。八畳の広さの一部屋であり、土間に調理台や七輪があり、自炊をするのに好都合であった。私は家から米一斗（一五キログラム）と野菜（玉ねぎやサツマイモ等）や調味料を自転車に積み、学校まで運び、小使室の所定のボックスに入れておいた。一七歳の少年が自炊するのである。家から炭俵一俵を運んできているので燃料は十分あった。当時は高校の教員は宿直することになっていたから、当直の教員は夕方小使室に入ってきて夕食の用意をするのが常であった。その時間を利用して私は先生方といろいろなコミュニケーションをするのが楽しみであり、学ぶことが多くあったことを記憶している。

昭和二四年一月下旬から金川町長や財団法人（金川高等学校は私立であったので法人の理事会によって経営されていた）の理事長が校長室に出入りするのを見るようになった。その後わかったことは金川高校と御津高校（昭和二三年度からの教育制度の改革により金川町に別に設立された定時制の高校）との統合が水面下で協議されていたことである。この統合には二つの理由があった。一つは私立の金川高校が経営的に危機に直面していたことである。もう一つの理由は同じ金川町内に二つの高校が併存していることは御津郡中部・北部の町村の行政的観点から見るとき損失であるということである。旧制金川中学校は五年制の中学校であったが、昭和二二年度から新制中学校が御津郡北部や近隣の市町村に設立されたため、同年四月から旧制金川中学校の一年生の募集はなくなった。これは全国的にそうであった。昭和二三年度から発足した新制金川高等学校は三年制であるから、今後生徒数は旧制金川中学校（五年制）のときの生徒数より四〇％減少する。この体制で新制金川高校を維持することは不可能であった。他方、定時制の御津高等学校の生徒は御津郡金川町、宇甘東村、宇甘西村から通学していた。男女共学の定時制高校であったが、二クラス足らずであった。生徒数の総計は金川高校よりもはるかに少数であった。独立した定時制高校を維持することは関係町村にとっては大きな負担であった。教育効果も十分期待されなかった。そこで西井春一金川町長、津島環金川高校校長、御津高校校長（山地源太郎）の三者が高校統合問題を生徒の知らないまま進めていたようであった。私は小使室からこうした要人の出入りが頻繁であったことを知っていたが、宿直の先生からこうした動向について聞いたことはなかった。昭和二四年一月から三月までの三学期は静かに授業は継続されていた。三月末には御津高校の教頭等の幹部が小使室の南側の職員室に出入りする姿を見て四月からは何かが変わってくる予感がしたが、四月に入っても始業式もなければ、校長の話もなかった。津島校長は校長室にいるようには見えなかった。誰が教頭なのか生徒にはわからなかった。

生徒たちは怒った。校長はいつ着任するのか。「御津高から来たボスの教員を追い出せ」という声が上がり、生徒会長の私に過激な生徒が詰め寄った。私は教頭格の長光先生（旧御津高教頭）に生徒の質問に対する回答を求めたところ、「新校長の着任の日はわかっていない」と強圧的態度で私に答えた。生徒たちは新しい金川高校の経緯と教員の異動についての説明がない限り、ストライキをする構えであった。私は生徒と学校側との間に立たされ、毎日悩んだ。そうしているうちに、白髭丈雄新校長が一女（現操山高等学校教頭）から着任された。そして五月二五日、岡山県金川高等学校の開校式が講堂において挙行された。

これより先、江田智先生（国語）から私の「開校式の原稿を見せてくれ」といわれ、先生に提出した。実は私は生徒会長として祝辞を述べるように担任（大西先生）から求められていた。私は河合栄治郎の教養書を読んでいたので、いつしか文章の流れを表現するコツを知っていたので祝辞の原稿を事前に書くことができた。江田先生にそれを見せたところ「よくできている」といって無修正であった。開校式のとき驚いたことは白髭校長がステージから下りて生徒（約四五〇人）の中の列に入り、開校式の祝辞と挨拶とをされたことであった。私は「新校長は謙虚な先生である」という印象を強く受けた。私は全生徒を代表して大きな声で力一杯読み上げた。弁論部で少しトレーニングを受けていたのでスピーチには自信をもっていた。生徒を囲むように片側には来賓として岡山県議会議員、県教育委員会、金川町長、宇垣村長、宇甘東村長、宇甘西村長、津賀村長、円城村長、長田村長、豊岡村長、新山村長が並んでいた。他方の側には退職される金川高等学校旧教職員と着任された新教職員とがずらりと並んでおり、講堂はほぼ満席であった。こうして統合後の金川高等学校がスタートしたのであった。旧定時制の御津高等学校から来た生徒は確か二クラスであったと記憶している。私は小使室に寝起きする毎日であった。ある日角田敏郎先生（数学）が私に「君の首のまわりは黒いが風呂に入っているのか」と尋ねた。私は「三〇日以上風呂に入っていません」と答えた。翌日、角田先生が私に「近くの東町の黒沢さんの宅にお願いしておいたから明日から黒沢さん宅の風呂に入浴するように」と親切な助言をいただいたことがあった。

私は昭和二三年七月弁論部と文芸部との共催で福渡高等学校（旧福渡高等女学校）の生徒会に「男女共学は是か非か」というテーマで討論会をしたいと申し入れた。福渡側も賛成したのでわれわれ約一〇人が福渡高校に行ったことがある。福渡高校からは男性教諭（岡田政敏、後の岡山県教育委員会教育次長）と女性教諭が出席した。私が討論会の司会をした。

私は昭和二四年六月初め頃、岡山青年師範学校（倉敷市日吉町）の二年次編入試験を受験した。同校の二年生が昭和二四年度から開学する岡山大学入学試験を受験したため、約半数の生徒が岡山大学に合格したので岡山青年師範学校の二年次に欠員が生じ、補欠募集をした。受験資格は中等学校を卒業した者である。私はすでに述べたように昭和二四年三月一八日付で旧制金川中学校の卒業証書を受領していたので受験資格はあった。合格すれば二年次生となるので、これは私にとっては「飛び級」の入学である。約五〇名の受験生のうち、合格者は男子一二名、女子五名であった。私は合格した。私が岡山青年師範学校に応募したのは私が金川高等学校生徒会長であったため、すでに述べたように、非常に忙しく落ちついて進学の準備をすることができなかったからである。岡山青年師範学校への応募は予備校に行くような動機からであった。しかしこの学校は中学校教員の国立の教員養成機関であったからその趣旨に沿ったカリキュラムによって授業や実習が義務づけられていた。本校の卒業生は男子には当時職業科（現在の「技術」）の免許状が、女子には家庭科の免許状が授与された。この外、国語、社会、数学、理科の免許状を希望する学生は、これらに要求される専門教科を選択し、単位を取れば免許状が授与される制度になっていた。私は「社会」を選択した。この教科を希望する学生は岡田護、坂本勇、角田茂、永井勝好、東山良夫、行安茂、秋山英子、大亀迪子であった。これらの中で年長者は角田君（二五歳）であり、私が最年少（一八歳）であった。二三歳前後の同期生もいた。私が本校のシステムで残念に思ったことは「英語」の免許状を取るシステムができていなかったことである。さらに「社会」の免許状の取得に必要な専門教科が「世界史」と「社会科教育法」のみであったことである。日本史、地理、政治・経済、哲学・倫理学の専門教科が開設されていなかったことが残念であった。

　私が岡山大学を受験しようと決意した一因は以上の二点を満足させるためであった。しかしこれのみではなかった。二年先輩の佐藤修策さんが岡山青年師範学校卒業後広島文理科大学（心理学）に入学したことを私は同僚で元同校事務職員であった永井勝好君（「社会」の専攻）から聞いた。

この刺激もあって広島文理科大学への進学も視野に入っていたが、この旧制大学が昭和二七年度をもって幕を閉じることは全く予想していなかった。岡山青年師範学校に入学してよかったことは三点ある。第一点は一般教養科目の「倫理学」のテキストとして安倍能成『西洋道徳思想史』（角川書店、昭和二三年）が使用され、藤井則清先生が授業されたことである。その試験によって私の成績がクラスでトップであったと藤井先生が同級の亀森通夫君に通学の列車で話されたことを私は聞いた。このとき私は自分が倫理学に適性があるかもしれないことを知った。第二点は社会科教育法を担当していた藤沢晋先生が馬場四郎『社会科の本質』を使ってわれわれ「社会専攻」の学生（八名）に演習形式で各人が分担し、発表する方法を割り当てて指導されたことである。これは私に新鮮な感じを与えた。この縁もあってか、私が昭和五〇（一九七五）年三月、岡山理科大学から岡山大学教育学部へ転出するときの人事選考委員長が藤沢晋先生であったことは不思議な縁であった。恩師・虫明竚先生の言葉によれば「藤沢先生は君の研究業績等から君に好感をもっていた」とのことであった。第三点は岡山青年師範学校に編入した同期生やその他の在学生との友情に富んだコミュニケーションによって非常に学ぶことがあったことである。岡田護君、大森忠士君、亀森通夫君、小林薫君、角田茂君、永井勝好君、野山延行君、東山良夫君らはすべて私より年長であった。とくに角田君はシベリア抑留から帰った論客であり、授業中先生方によく質問していた。この能動的学習（アクティブ・ラーニング）から私は大きな影響を受け、長く頭の中に残った。

4　岡山大学在学中に学んだアメリカ社会学と教育実習の経験

私は岡山青年師範学校を卒業（昭和二六年三月）することなく、昭和二五年四月岡山大学教育学部へ入学した。実は私は自分の専門分野を発見し、これを深く研究しようとする学問的要求が同二四年六月に岡山青年師範学校二年次へ編入したときから起こっていた。その専門分野が何であるかは私にはわからなかったが、哲学か倫理学の方向が見えてきたが、まだ決定するに至っていなかった。私はまず岡山大学に入学してから将来の方向を考えることにした。私は教員志望と研究者志望の二つを視野に入れて多くの講義を聞き、部活動に参加してみたいと考えた。

まず、岡山大学弁論部に入会したが、教育学部の学生は私一人であり、他の部員は法文学部の学生だけであった。部長は二年生の中原行二君（六高の出身者、その父は衆議院議員）であった。部活動はマルクスやエンゲルスの文庫本（岩波文庫）の輪読であった。二年生の部員は六高（旧制第六高等学校）時代からマルクス主義の勉強をしてきており、ドイツ語の知識を持っていた。昭和二五年八月ＧＨＱのマッカーサー元帥は国家警察予備隊の創設を指令した。これより先、六月には朝鮮動乱が起こった。弁論部はこうした内外の政治状況に敏感であった。中原君を中心にした法文学部の学生は学生自治会のリーダーであった。かれらは警察予備隊の創設に反対する全学集会を開催した。私は昭和二五年九月には弁論部を退部し、教育学部の学生が中心となって活動していた「社会科教育研究会」に入会し、顧問の古屋野正伍先生（教育学部助教授）を知るようになった。先生の専門はアメリカ社会学であった。同年後期からは先生の社会学の講義や演習に参加した。古屋野先生からE・フロム『自由からの逃走』（一九四一）を紹介され、その訳本を読んだこともあった。R・ベネディクトの*Patterns of Culture*（一九四七）の原書（英語）講読の演習にも参加し、文化人類学の方法を知るようになった。この演習に参加したことによって私は古屋野先生から私の英語の学力が注目され、社会科の他の教官（山内、谷口、虫明、藤沢、石田の助教授）に私の存在を紹介したようであった。というのはこれらの先生からも私は注目されているように見えたからであった。

古屋野先生はその頃アメリカのミシガン大学日本研究所の岡山分室（岡山市南方）の研究員とも交流していた。昭和二六年七月頃、ミシガン大学大学院を修了していた三〇歳頃の研究員（メンデル氏）が岡山県民の政治意識を調査するため派遣されていた。古屋野先生は社会科の二年生、三年生約一〇人を選んで、メンデルさんの調査に協力してほしいとわれわれに要請された。われわれはこの調査に協力し、県下の抽出された町村に出張することになった。これより先、メンデルさんは学生約一〇人を集めてオリエンテーションをした。その要点は住民（予め抽出されていた人）から聞き取り調査をするとき、方言や語尾のニュアンスをも正しく記入するように注意された。私は岡山県真庭郡新庄村（鳥取県境）と久米郡西部地域に二泊三日の出張をした。メンデルさんはこれらの調査資料を分析し、戦後日本人の政治意識の現状を特色づけ、新旧意識のズレ等を明らかにし、博士の学位論文を作成しようとしているように見えた。ベネディクトも『菊と刀』を完成する以前にカリフォルニア州へ移民している日本人収容所を訪問し、一人ひとりの日本人に面接し、日本の文化（行動パターン）について聞き取り、そのデータを分析し、理論化したといっている。私は改めてアメリカの社会科学の方法が事実の正しい把握から出発していることを知ることができた。

岡山大学教育学部中等教員養成二年課程に入学していた私は昭和二六年後期（九月―一一月）の三ヶ月間附属中学校で教育実習を受けた。配属学年は三年のクラスであった。三人の同期生（長代英雄君、中津孔輔君、私）がチームを組んで社会科（公民分野）を担当した。指導教諭は岡夲《すすむ》という個性の強い三〇歳の教員であった。実習期間の中頃、研究授業という実習の公開授業があった。事前に三人が協議の結果、私が代表して研究授業することになった。私は「裁判所の仕組み」について研究授業をすることになり、指導教諭、二人の同僚と協議をした。私はその後一人で岡教諭に授業内容等について質問したとき、同教諭が不機嫌の表情であることに気づいた。私の質問の仕方が生意気であり、無礼であると岡教諭は立腹していたらしい。その後、岡教諭とわれわれ三人と最終打ち合わせをしているところへ教務主任（鎌田教諭）が来て私の指導案のある部分について質問をされたので、私は「それは岡先生の指示によるものです」と答えたところ岡先生の顔が急変した。かれは内心立腹していると私には見えた。岡教諭は旧制京都帝国大学の法学部出身のエリートであり、授業中六法全書を持参し、主権を説明するときはJ・ボダンの国家論を事前に勉強しておくようにわれわれに助言していた。研究発表が終了した後、批評会が開催された。学部からは社会科の谷口澄夫、虫明竌、石田寛等の先生が出席されていた。とくに谷口先生は私の板書がよかったと評価されたが、岡教諭は何もコメントしなかった。

教育実習も無事終了した。しかし、研究授業が終わった後、約一ヶ月半岡教諭は私に対して冷たく当たり、無言であった。私はその間耐え難い苦痛を受けた。私は全く無視された。それは一種のいじめであった。二年生の地理の授業を金谷達夫先生の温かい指導によって授業することができ心は活性化することができた。

教育実習は確か一一月三〇日で終了した。一二月からは四半期（一二月から翌年二月）の授業（教科教育法）を楽しく受講した。石田先生の社会科教育法（地理）は英文による演習形式であり、楽しく受けることができた。一月に教務係からの教育実習の成績表を見て驚いた。教育実習の四項目の評価はすべて「可」であった。私は非常に大きなショックを受けた。内心から起こった感情は復讐心であった。それは「江戸の敵は長崎で討つ」という他日を期した反抗心であった。これは岡山大学在学中の前半の二年間の最大の出来事であった。教育実習は私にとって大失敗であった。思えばこれは岡山青年師範学校時代に同僚の角田茂君の質問の仕方からの影響の結果であったと反省している。私に欠けていたものは先生に対する礼儀と言葉の丁寧さとであった。教育実習が「可」と認定された以上、私は中学校の教員になる資格は不適格と認定されたと同然であると解釈し、私は岡山大学教育学部卒業後教員になることを断念した。その代わりに大学院に進学することを固く決意したのであった。それは悲壮な決意であった。

5　岡山大学三年次・四年次の勉強と大学院への進学準備

私は昭和二七（一九五二）年四月から三年次生となり、心機一転し、大学院進学のためドイツ語の勉強に全精神を集中することにした。すでに同年三月初めからはドイツ語の勉強に着手していた。同年二月末ごろ中学校教員養成課程（いわゆるⅢ類）への転課願を提出し、これが承認されていた。教育学部の卒業要件として英語は八単位、第二外国語は四単位の合計一二単位の取得が必要であった。私はすでに英語は四単位、ドイツ語は二単位を取得していたので、残り英語は四単位、ドイツ語は二単位を取得すれば卒業はできた。しかし、私は実力を身につけるために、ドイツ語をさらに四単位を取得しておくことが必要であると判断した。すなわち英語八単位、ドイツ語八単位をすべて「優」の成績で取得しておくことが必要であると個人的に考えていた。

私はドイツ語の文法の徹底的理解を目標にし、ドイツ語の専門書がすらすらと読め、かつ理解することができるように集中的な勉強を試みた。他方、指導教官を倫理学と道徳教育が専門の虫明竑先生にお願いしたところ快諾して下さった。虫明先生の演習ではF・シリの『倫理学入門』（英語）やW・ジェイムズの『プラグマティズム』（英語）を二人で読んだ。当時、倫理学や道徳教育に関心をもつ同学年の学生は他にいなかった。しかし、同学年の初等教員養成二年課程に仙田実君（二五歳）がいて哲学や思想に関心をもっていた。かれは海軍から復員し、岡山大学の各学部の門の守衛の職員をしながら独学で岡山大学教育学部の試験に合格した。非常に論客であり、私とはマルクス主義や唯物論についてよく議論し、知識を得ることができた。かれは昭和二七年四月、岡山大学法文学部哲学科に転学した。

私は昭和二七年四月からカントやヘーゲルの知識を深めるために法文学部哲学科の小原美高助教授が開講している倫理学の授業（カントの『実践理性批判』およびヘーゲルの『法の哲学』）を受講した。カントの授業はドイツ語の演習であり、ヘーゲルの授業は訳本を使っての講義であった。どちらも非常に学ぶところが大きかった。その年の暮れに私は小原美高先生の研究室を訪問し、広島大学大学院に進学したい旨を相談したところ、小原先生は私を広島大学文学部の森滝市郎教授に紹介するといわれた。その後、私は森滝教授から大学院進学のための勉強について助言を得るために広島市霞町のご自宅を訪問した。それは昭和二八年一月の寒い日であった。森滝教授の妻は西晋一郎（広島文理科大学名誉教授）の二女（しげ）であった。約一時間少々助言と指導を受けた。その要点は英語とドイツ語をしっかりと勉強しておくこと、英語の勉強にFelix Adler, *An Ethical Philosophy of Life* (1919) をよく読んでおくこと、さらに倫理学の入門書としてHenry Sidgwick, *Outlines of the History of Ethics for English Readers* (1886) を読んでおくようにと助言があった。

私は広島大学大学院に進学するために同年二月から一年間の勉強計画を立て、ドイツ語の勉強に毎日時間を最大限活用した。英語の学力があったので比較的に早くドイツ語の文法構造を理解することができたが、完全に理解するために独作文を練習するのが効果があるのではないかというアイディアが浮かんだ。書店から藤田五郎『独作文入門』を購入し、直ちにこれを研究したところ、ドイツ語の文章構成がよく理解できるようになった。これはドイツ語のテキストやカントの『実践理性批判』のドイツ語文章を早く理解する着眼点を身につけることを促進した。思えば、私は昭和二六年四月以降（二年次）のときから、確かP・ナトルプの『ペスタロッチ伝』（ドイツ語）の演習（担当者は附属中学校の英語教師兼教育学部の非常勤講師であった佐藤という先生）に参加し、ドイツ語の勉強になった記憶がある。ドイツ語の発音については一般教養科目の二つのドイツ語の授業を一年間受講することによって学ぶことができた。ドイツ語の学力は毎日確実に身についているという自覚があった。

卒業論文は森滝教授から紹介された『生命の倫理哲学』を翻訳し、その概要を作成する方針によって進めた。社会科の教官室の隣に学生の控え室があったので、日曜日にはその部屋に行き、卒論の翻訳を進めた。隣の控え室には一年上の柴田一さんが古文書を現代文に書き直すなど、近代備前史の資料研究に没頭していた。私は柴田さんが一字一字を丁寧に書いているのを見て非常に学ぶところが多くあった。かれとは生涯交流がつづいた。かれも大学院に進学する希望をもっていたが、語学に壁があるようであった。私は以上の準備をして広島大学大学院の入学試験を受験することができた。試験は昭和二九年（一九五四）年二月二〇日頃であった。

ここで改めて私が大学院に進学する動機について述べておきたい。その動機は、昭和二六年後期から教育実習を三ヶ月間受けた結果が大失敗であったことの反省にあった。これはすでに述べた点であるが、改めて振り返ってその経験から起こった疑問点をあげてみたい。第一点は岡本《すすむ》教諭の私に対する評価は感情による不公平な判断ではないかということである。その感情とは私の学習態度が生意気であり、上司に対して無礼であるとの反感である。私から見れば教師は一時の反感と嫌悪によって学生を評価してよいかという疑問が残る。第二は私が「若気の至り」とはいえ上司に対する礼儀と尊敬の念の欠落があったことである。岡教諭と私との対立が深まり、上司に対する私の嫌悪が質問の中に含まれていたことの反省が欠如していたことである。改めて考えるべきことは指導教諭に対する学生の態度はどうあったらよいかということである。第三は教師と学生、上司と部下との人間関係はどうあったらよいかということである。いずれの側にも求められることは好き・嫌いの感情による発言等の表現が人間の普遍的あり方に反していないかということである。一時の感情はコントロールされ難いものであるが、この衝動はいかにして冷静となるか、いかにして理性は正しく作用するか、これが当時の私の問題意識であった。

以上の疑問は倫理学の研究によって答えられるであろうと私は予想していた。私が求めた人間の真の生き方は何であるか、感情と理性、衝動と理性とはいかにして調和されるか、衝動は単に抑制されるべきものか、衝動や情念はいかにして合理化されるか。これらの問題は倫理学においてどう解決されてきたか。私はこのような問題意識から大学院へ進学する決心をしたのであった。この決心は、これから先いかに困難な状況に直面しようとも不退転の強い意思決定であった。

6　広島大学大学院の七年間の研究遍歴と生活環境の変化

私は昭和二九年（一九五四）年二月二〇日頃広島大学大学院の入学試験を受験した。英語とドイツ語は九〇点以上はできたと自己採点をした。とくにドイツ語は満点であると思った。倫理学（カントと功利主義）の問題については十分答えたという自信はなかった。四月広島大学の構内で偶然森滝先生に出会った。先生は私に「君のドイツ語の成績が全受験生（文学研究科、理学研究科、教育学研究科）の中でトップであったとドイツ語出題者の水野教授が倫理学研究室へ報告に来られた」といわれた。私は予想どおりであったと思い出した。これより先、入学試験の後、面接試験が旧広島文理科大学の二階の教室で実施された。山本幹夫（空外）先生から「これから何を研究されますか」と丁寧に質問されたのが印象に残っている。私は「H・シジウィックの『倫理学の諸方法』を研究します」と答えたところ、山本先生は「あの本は西晋一郎先生も評価されていた、複雑な内容であるが、今後の研究に期待している」といわれた。森滝先生からは特別質問はなかったように記憶している。入学してから毎週のある曜日に倫理学研究室で院生、学部学生、教授・助教授、助手が集まり、昼食会が開催された。またその部屋で学部学生や院生が研究発表をすることもあった。大学院の同期生は定兼範明君、森岡卓也君、谷勝憲君、植山肇君の四人であった。私と植山君とが森滝先生の指導学生であった。定兼君は岡山大学法文学部の哲学科の出身で私より一年先輩であった。大学院の二年次生は池野有造、三戸康弘であった。池野さんはT・H・グリーンをテーマにしていたので研究上私は世話になった。

さて大学院修士課程の私のテーマはシジウィックの倫理学研究であった。『倫理学の諸方法』は文章は理解できたが、その内容展開は一筋縄ではとらえられない紆余曲折した論理であった。その今日的意義は何であろうかと考えたとき、その分析的方法はB・ラッセルやG・E・ムアの分析的方法に影響を与えた先駆者であることがわかってきた。シジウィックはJ・バトラーやカントからも影響を受け、自愛が求める自己の幸福と仁愛が要求する他人の幸福とはいかにして調和するかを倫理学の根本問題とした。シジウィックは「実践理性の二元性」がいかにして調和するかを共感や宗教的制裁によって検討しようとしたが、二元性を克服する結論に達することはできなかった。

シジウィックの倫理学は私の問題意識に答えてくれないと考え、T・H・グリーンの「自我実現」が私の根本的要求を満足させてくれると考え、博士課程に進学してからはグリーンの自我実現の研究に研究テーマを変更した。この理論は私が岡山大学在学中から求めていた人間の生き方に答えることができるように見えた。その体系は永遠意識、動物有機体として人間、社会の一員としての人間とその意志、共通意志と共通善、自己の善と他人の善、利己主義と善の相互性、行為の動機と結果の予測、自我と行為との同一性、理性と意志との統一としての人間完成、理想の自我と現在の自我との関係、両者のギャップとそれを克服する行為の連続的過程、目的と手段との関係から構成されていた。

私は広島大学大学院の在学は昭和二九年四月から同三四年三月までであり、この年を以て単位を取得した。しかし、私は博士論文を完成するために昭和三四年四月から同三六年三月末まで在籍を延長し、院生の身分で森滝教授および山本教授の演習を受講し、その他の時間を広島大学中央図書館でグリーン倫理学の研究に没頭した。無職の浪人、いわゆるオーバードクターの院生であった。就職はなく夜は二つの家庭教師をして何とか生活はできていたが、学会への参加や外国書の購入のため資金は不足がちであった。五ヶ年間の大学院時代は奨学金が貸与されていたので何とか研究と生活とを両立させることはできた。しかし、浪人となると、就職のことを考えなければならなかった。その上、困ったことは昭和三四年四月五日、私は郷里の河田倭子と結婚していたが、妻は岡山市で働いており、私は単身で広島大学大学院の院生の別居生活であった。この別居生活を解消するためには就職先を見つけなければならなかった。しかし、これは簡単なことではなかった。研究を捨てるか、高校の教員になるか、二つの選択肢が考えられたが、高校の教員になることは研究の自然的放棄であった。すでに述べたように、私はあらゆる困難に直面しても不退転の決意で大学院に進学したのであるからこの道を貫くことが自己を納得させる唯一の選択であった。世間的利益や幸福を求めて迷うことは将来必ずや後悔するに違いないと洞察した。

こう考えているとき、広島市大手町教会に出入りしていた私はこの教会の河村政任長老（七〇歳ぐらい）から突然私に「奥さんが広島へ来られるならば、息子（医師）が経営している広島集団検診協会の事務職として働いてもらえませんか」という声をかけられた。私はこの長老に就職先を依頼したことはなかったが、私が妻と別居していることを話したかもしれない。この話を聞いたのは昭和三四年の年末であった。私は河村長老にお願いし、妻を広島へ呼び寄せるから広島集団検診協会で働くことができるよう推薦して下さいませんかと改めて依頼した。話は急転直下妻がこの協会で働くことができるようになった。妻が広島へ来たのは昭和三五年一月三一日であった。二月二日から妻は広島集団検診協会（広島市大手町）で働くようになった。給料は月一万円前後であった。私は家庭教師二つで月六〇〇〇円であった。二人で一万六〇〇〇円の収入で生活するようになった。その中から借家（一間四畳半）の家賃（確か二千五〇〇〇円）を引いた一万円少々の食費が一ヶ月分の生活費であった。やっと新婚生活に入ったが、現実は厳しいものがあった。しかし妻は大変幸せそうに見えた。私は意気軒昂であった。

私は四月から祇園高等学校校長の井上幹造先生（井上義光老師の坐禅の会の先輩）の好意により同校の社会科の非常勤講師（週二回）となった。自転車で横川の北部の女子高等学校まで行き、その中学校の二年生の社会科の授業を担当した。月六〇〇〇円の給料であった。そのため家庭教師は一つにした。妻の給料と合計して一万九〇〇〇円が生活費のすべてであった。私は昼間は大学院の演習に出席した後は広島大学中央図書館でグリーン全集の研究に没頭した。半日でも有効に時間を使い、博士論文の組み立てを構想し、ノートに書いた。

この頃、私は河村政任長老から広島工業短期大学が昭和三六年四月開学を目指して進められているが、その教員募集に応募しないかという相談を受けた。私はこの長老に「喜んで応募しますのでよろしくお願いします」と答えた。その設立母体は鶴学園という学校法人であった。そこの吉永理事（女性）から私宛に必要書類が届いた。履歴書、就任承諾書、研究論文のリスト等が提出すべき必要書類であった。早速記入し、吉永理事にこれらを送った。昭和三五年一一月一二日（土）に広島工業短期大学建設工事の参観に来てほしい旨の連絡が私宛に届いた。そして同日五時頃から同短大の中間報告会が広島市高須の前田別荘で開催されるから出席されたい旨の案内が来た。私はこのとき初めて鶴理事長にお会いした。理事長は昭和三六年四月中には短大の工事が完成する見込みであるとのことであった。私はこの説明を聞き、四月からは広島工業短期大学に就職できると安心していた。しかしこれは私の甘い認識にすぎなかった。文部省は同短大の設置審議会において応募者の履歴書および研究業績を一人ひとり厳格に審査した結果、私は不適格者として認定された。このことが判明したのは昭和三六年一月二九日のことであった。広島工業短期大学の教授として就任が予定されていた先輩の縄田二郎先生から私が不適格であることを聞いた。私は大きなショックを受けた。不適格の理由は私の経歴の中に助手の経験がなかったこと、学術論文がなかったことの二点であった。私は再びオーバードクターの浪人となった。こうした状況にあった私は急に山本空外先生から呼び出しがあった。研究室を訪れたとき、先生は私に「京都女子高等学校に就任しないか」と打診された。実はこの高等学校には二年先輩の小西清（広島文理大を昭和二七年卒業したOB）さんが就任する予定であった。山本先生は小西さんを広島工業短期大学の要員として鶴学園理事長に推薦し、審査の結果、小西さんが講師として就任することになった。私は小西さんの代わりとして京都女子高等学校教諭として就任することになった。山本先生からこの交換人事の話を聞いたとき、内心、大学院在学を希望したが、山本先生の推薦をいただいているので将来を考えた結果、私は京都へ行く決心をした。本来ならばあと一年間大学院に在籍し、博士論文を完成する計画であった。諸事情を総合的に考えた結果、その計画は京都に行ってからでも達成されるであろうと考えたからである。

私はこのとき井上義光老師に私の迷いについて相談したところ、「君、法然を見給え。法然は流罪となり、朝廷から土佐へ流されたとき、『自分一人では行けない土佐へ朝廷からの命令によって流されることは何とありがたいことであろう。この地で一生懸命布教をしよう。』と考えたではないか。君、広島に残りたいことは執着心だよ。上洛し給え。」と話された。私は喜んで上洛し、京都の環境を最大限に生かし、研究のあらゆる機会を活用しようと固く決断したのであった。

7　大学院時代に学んだ坐禅と西式健康法

私は昭和二九年四月、広島大学大学院に進学して以来七年間坐禅をしてきた。その縁は指導教授の森滝市郎先生が広島禅学会を戦後復活し、広島県竹原市忠海町の勝運寺の井上義光老師が毎月一回広島禅学会に来て坐禅の指導をされておられたことによるものであった。森滝先生から老師の世話をするように私はいわれ、会場の準備、会費の徴収、お茶の接待等をした。私は禅についての知識を全くもっておらず、従って坐禅をしたことは一度もなかった。私の家は真言宗であったが、禅宗が真言宗に近いことなど聞いたことはなかった。井上義光老師は曹洞宗の禅を説き、約三〇分間坐禅と約一時間の提唱をされた。広島大学禅学会に参加する者は教授二名、市民二名、学生・院生五名ぐらいであった。夜は広島市の鉄道弘済会で坐禅と提唱の指導をされた（出席者は約一五名）。私は老師を自転車の荷台に乗せて広島大学から鉄道弘済会までお送りしたこともあった。当時、老師は七二歳頃であった。夏休み、一二月の休み、三月の春休みには忠海町の勝運寺へ行き、約一週間の坐禅の会に毎年参加した。

老師は常に坐禅のときは呼吸と一つになる工夫をするように話された。老師の色紙には「刻苦光明即現成」と書かれていた。瞬間の「今」に成り切ることが坐禅のポイントであると常に話された。当時（二三歳から二九歳）の私には呼吸と自己とが一体になることが難しかった。とくに、坐禅から離れて日常の動作においてはいつしか動作が呼吸から離れているように見えた。老師は広島大学坐禅会に来られるときは事前にハガキで連絡されていたが、文字がいつも丁寧であることに気づいた。私は文字を早く書く癖があり、文字が雑であった。この癖はその後長くつづいた。坐禅をしながら書くことの即今に成り切っていなかったのである。老師は坐禅は人の癖を直してくれるとよくいっていたが、私は当時全くわかっていなかった。本を読むのも早く、論文を書くのも早かったが、じっくりとその内容を考えることが欠けていた。いつも表面的になでている感じがしていた。そしてこうした学習態度に私は不満足であった。坐禅と勉強態度とが矛盾していることに十分気がつかなかった。改めて坐禅が学問研究に不可欠であることを知るようになった。これがわかりかけたのは三〇歳を過ぎた頃であった。

私は大学院修士課程在学中、坐禅の学習態度に反する無理な勉強をし、日曜日祭日の休養をとることなく、寒い日も暖房のない部屋で集中的な勉強をしていた。修士論文を提出した後のある朝、トイレに行ったところ肛門に違和感を感じたので日赤病院に行き、事情を説明したところ、それは痔病だろうといわれ座薬を購入して帰った。肛門付近へそれによって処置したが、効果はなかった。三月に岡山に帰り、岡山市の民間の痔の専門医の診察を受けたところ、私の痔病は「痔核」（いぼ痔）であると診断された。私は手術を受けることにした。私は簡単なインフォームドコンセントによって手術の方法と回復の日数、入院か通院か等について質問したところ、手術後は通院でよいとのことであった。手術の方法は肛門付近に麻酔注射をした後、痔核の本体に注射をし、腐食させ、排便と共にそれを自然に除去することであるという説明であった。私にとっては初めての手術であり、不安もあったが、医師に手術をお願いした。麻酔の注射が非常に苦痛であったが、徐々にその効果もあり、手術も難なく終了した。私は電車とバスに乗り、自宅に帰った。歩くとき肛門付近にいくらか苦痛は感じられた。その後一度は病院に行った記憶はあるが、何も処置はされなかった。私は三月末広島市の下宿に帰った。四月から博士課程に進学し、いよいよこれから博士論文の研究にスタートしたが、肛門に違和感があり、雨の日に歩くとき、少し苦痛が感じられた。「痔は完治していない」と私は直感した。このままでは心身が集中しないので外国書を読んで書くことに伴う思考を深めることができないと直感した。痔の完治はどうしたらよいかと考える毎日であった。

下宿のおばさん（古田シゲミ）が「今、西勝造医師が広島市の土屋病院で講演と実技指導をすると新聞に出ている。行安さん、行ってみたらどうですか」といわれた。私はその日に土屋病院に行き、講演を聞いた。私はこのときまで西勝造医師が西式健康法の創始者であることを全く知らなかった。聞けば全国都道府県に西式健康法の支部があるとのことであった。西勝造医師は当時（昭和三一年）七〇歳過ぎに見えた。個別指導のとき、私は西勝造医師に痔の手術後がよくない経緯を説明し、どうしたら痔病は完治するでしょうかと尋ねた。西は笑いながら「痔病は西式健康法を実践すれば、簡単に治り、回復する」といわれた。そして西は手をとり足をとって西式健康法の中の「合掌合蹠」（床の上に仰向けになり、両足先を合わせ、同時に両手を合わせ、指を合わせて、手足を同時に上下屈伸運動をする方法）を指導した。さらに毛管運動（手足をなるべく真っ直ぐに伸ばして垂直に挙げ、蹠をできるだけ水平にし、この状態で手足を微動させること）も効果があるといわれた。（詳細は西勝造『西医学健康原理実践宝典』、西勝造選集頒布会、昭和二五年、五三―五六頁

参照）

私は西式健康法を実践したところ、痔は次第によくなった。西医師の説明によるとこの体操は肛門付近を刺激することによって便秘が解消し、排便が自然にできるように促進するからである。約半年で私の痔は完治したと自覚できた。西式健康法は今日（二〇一九年）まで六三年間ほぼ毎日継続している。

私は坐禅と西式健康法とは密接な関係があると理解している。その共通点は自然の理法に即することである。坐禅における呼吸は生の自然である。ところが人間の内には他方において呼吸のリズムに反する衝動、感情、妄想等がある。そのため呼吸は乱れ、自然のバランスが壊れる。人間は不規則な生活習慣によって自然の秩序（リズム）が壊れる。便秘やストレスはその例である。これは心と身体の機能とのアンバラスである。心と身体の動きとが調和するためには心が呼吸に即した状態でなければならない。そうすれば衝動、感情が安定する。ではこれはいかにして可能であるか。人間のすべての活動・動作が瞬間ごとに呼吸に即して心身一如になるように努力することである。急ぐことは呼吸のリズムに反することである。呼吸の自然に即することは心が平静になることである。これがストレスや便秘を解消し、これは痔を未然に防ぐ方法である。人間はこの深いリズムを忘れやすい。瞬間の「今」を忘れているからである。

8　京都女子高等学校時代と私学研修福祉会の内地留学

私はすでに述べたように、昭和三六年四月から山本空外先生の推薦により京都女子高等学校に就職した。山本先生と京都女子園の理事（今井秀一）との話し合いにより小西清さんの代わりに同校に就任することになった。山本先生からは同校で研究を深め論文を完成するように私への期待が暗に込められていた。私は一年生の担任をし、社会科（「一般社会」）の授業一六クラスを受け持っていたように記憶している。一学年は二五クラスあり、その人数は約一五〇〇人であった。一年から三年まで総生徒数は約四〇〇〇人であった。

さて京都女子高等学校の私の在職期間は三年間であった。この期間を利用して私は博士論文を完成しようと決心した。そのためにまとまった時間が必要であった。昭和三六年の夏休み、同三七年の夏休みは大切な時間であった。私は日本私立学校振興・共済事業団の私学研修福祉会の国内研修員に応募し、半年間の有給休暇を得る計画を立てた。高校校長の許可を得て応募したところ、広島大学文学部倫理学教室に昭和三八年四月から同年一〇月三一日まで内地留学することが私学研修福祉会から決定された。これは私の人生において大きな飛躍の転機になった。

私の学術論文の「グリーンにおける神的自我」が初めて現れたのは日本倫理学会編『倫理学年報』第一〇集（昭和三六年三月一五日）においてであった。私がこの『年報』を受けとったのは私が京都に来てからであった。私が京都女子高等学校在職中に学会誌等に発表した論文は次のとおりであった。

(1)「グリーンの青年時代と自我」、日本道徳教育学会編『道徳と教育』No.36、一九六一、五七―六四頁。

(2)「グリーンの生涯と思想」、日本道徳教育学会編『道徳と教育』No.40、一九六一、五五―六四頁

(3)「グリーンの自我とアリストテレスの影響」、京都女子中学校・京都女子高等学校編『研究紀要』第六号、一九六一年、一三―二六頁。

(4)虫明　竑・行安　茂共著「T・H・グリーンにおける自我と能力」、『岡山大学教育学部研究集録』第一二号、昭和三七年、二二―三〇頁。

(5)『道徳教育の基礎研究』、京都女子中学校・京都女子高等学校編『研究紀要』第七号、一九六二年、二五―四二頁。

(6)「T・H・グリーンとカント倫理」、京都女子中学校・京都女子高等学校編『研究紀要』第八号、一九六二年、一―一八頁。

(7)「T・H・グリーンと功利主義」、日本倫理学会編『倫理学年報』第一二集、一九六二年、五二―五九頁。

(8)「グリーンにおける自我の宗教的背景」、京都府文教課編『私学研究論集』第一号、一九六三年、三一―四〇頁。

(9)「高校生の倫理的関心と教師の問題」、日本道徳教育学会編『道徳と教育』No.60、一九六三年、

三三―三七頁。

(10)「T・H・グリーンの社会的活動」、日本道徳教育学会編『道徳と教育』No.64、一九六三年、五三―六〇頁。

以上が京都女子高等学校在職中に学会等で発表した研究論文である。一〇編の論文の中、八編がグリーン研究の成果である。これらは博士論文の基礎的研究であり、これらをベースにして私は昭和三八年四月以降博士論文の構成と内容の執筆に着手した。

内地留学のある日、私は広島大学（旧千田町）の構内を歩いていたところ、旧友の植山肇君に出会った。かれは大学院修士課程在学中、倫理学専攻の同僚であり、森滝教授の門下生であり、私とは親しい間柄であった。かれは広島高等師範学校（社会科専攻）を昭和二六年三月首席で卒業し、大阪府下の高等学校に勤務した後、同二九年四月広島大学大学院修士課程に入学した。かれは俊秀であり、私より三歳年長者であった。久しぶりに会い、話していたとき、かれは私に「岡山へ帰る意思はありませんか。今、岡山理科大学の新設が岡山市の半田山で進められており、その要員として君を推薦したいが、応募しませんか」という勧誘であった。当時、植山君は昼は広島英数学館（大学受験の予備校）の教務主任をしていた。この英数学館は加計勉氏（後の岡山市の加計学園の理事長）によって設立され、発展途上の予備校であった。植山君は加計氏から新設岡山理科大学の教員を集める仕事を任されていたらしい。小脇に書類の入った大きな封筒をもっていた。「君が応募の意志があるなら、関係書類を君に渡すから至急これらに記入・捺印の上、岡山市の加計学園法人課に送ってくれないか」というのであった。私は天にも昇る喜びに躍動し、植山君に「快諾」をその場で示し、必要書類を受け取った。偶然とはいえ、この出会いは私にとって人生の大きな転機であった。

必要書類の中に「所属機関長の承諾」印の書類があった。私はこの書類を学校長（野々村修瀛）に提出し、事情を説明し、承諾の捺印をお願いした。翌日、今井秀一理事が私を呼び、「内地留学を許可した学園としては本学園で暫く勤務する義務がある」といった。そこで私は「このまま本校に勤務すれば大学院五年間に貸与された三〇万円を日本育英会に返済しなければならない。大学へ勤務すれば、返済は免除されるのでご理解のほどお願いします」と説明した。今井理事は「君を推薦した山本空外先生に相談して来い」といわれた。そこで私は直ちに広島市庚午北町のご自宅に行き、山本先生に事情を説明したところ。山本先生は「君の道が開かれるように一筆書くからそれを今井副学園長に渡すように」といわれた。私は急いで京都女子学園に帰り、今井理事に山本先生の手紙を渡した。その結果、今井理事はやっと理解され、野々村校長から私が岡山理科大学へ提出する「就任承諾書」の所属機関長に捺印された。これを他の必要書類（履歴書および研究業績表）と共に加計学園法人課へ速達で郵送したのであった。

以上のように私が新設岡山理科大学への転出は困難であったが、山本先生（西晋郎広島文理科大学名誉教授の弟子）の一筆によって幸運にも加計学園法人課へ応募書類を送ることができた。そして新設岡山理科大学専任講師として大学設置審議委員会で認められた。改めてこの道を開いて下さった旧友植山肇君に感謝するのみであった。思えば大学院修士課程在学中、山本先生の演習（ドイツ語のドクター論文の発表）の当番が植山君に事前に割り当てられていたとき、私が植山君からの間接的依頼（かれの下宿のおばさん）によりドイツ語論文の日本語訳を徹夜で口述し、かれがこの訳文をノートに書き取ったことがあった。演習当日植山君が無事発表を終えることができるように私は頭を下げ祈るような気持ちであった。山本先生は厳しかったのでドイツ語が弱い植山君が叱られはしないかと心配のあまり私は顔を上げてかれの方を見ることができなかった。植山君と私との関係は以上のような友情によって結ばれていた。

9　新設岡山理科大学の中間管理職とオックスフォード大学への留学

私は昭和三九年四月から岡山理科大学の専任講師兼学生課長の辞令を加計勉学長から受けとった。担当授業科目はドイツ語、哲学・倫理学であった。本学の学科は応用数学科と化学科の二学科であり、定員は各科一〇〇名であったが、初年度の合格者は一五〇名であった。私は学生課長がどのような仕事であるかを全く知ることなく、就任したが、この仕事がいかに難しい仕事であるかは次第にわかってきた。当時、学生運動は全国の大学で活発であり、それは次第に過激となっていた。その影響は新設の岡山理科大学の新入生にも及んできた。特に私立大学では授業料値上げ反対運動が早稲田大学、日本大学において起こっていた。それは昭和四一年から四三年にかけての頃であった。昭和四三年六月、東大学生が安田講堂を占拠したため機動隊が導入された。こうした運動は広島大学や岡山大学においても起こり始めた。

私が学生課長として最も気を遣ったのは学生が集会を開くための教室等の施設使用の許可願いの

書類を判断することであった。その目的は授業料および施設拡充費の公開説明であった。この説明は私にはできなかったので加計学長兼理事長に説明をお願いしたところ、会計課長を代理として説明させるとし、学生の集会には現れなかった。学生の代表者たちは次には岡山理科大学自治会を設立したいと学生課長の私に要望してきた。私は学長にこの要望を伝え、その判断を求めた。学長はこの問題は慎重に考える必要があるといって学生への即答を避けた。学生には「大学側として暫く考えるから後日返事をする」と私は伝えた。問題は自治会とは何か、それは学友会とはどう違うかということであった。私は学長と会い、この問題への対応をどうするかと尋ねたところ、学長は「岡山大学の元学生部長であった猪野教授を招いて学生や教員に対して講演することにしたい」と私に話した。こうして猪野教授が岡山理科大学の学生および教職員を対象として「自治会とは何か」について公開講演をすることになった。この結果わかったことは自治会は学生中心の団体であり、大学側に対して交渉する独自の権利を持つ対等の団体であるということであった。これに対して学友会は教授・助教授・講師・助手および学生をメンバーとする共同体であり、会長は学長であり、学生とは話し合いにより文化・体育の両面にわたり、知育・情操・福祉の向上を目的とする教育的団体であるということであった。岡山大学は学友会を採用しているとの説明であった。岡山理科大学はまだ学生部長は置かれていなかった。私は学長と会い、「学友会を設立するためにその規約を作成する」仕事を学生課が学生代表と協議してゆくことで学長の理解を得た。その後、私は学生代表と会い、規約の原案作成を依頼した。これは学生課にとって大変な仕事であった。事務職員は女性一人であり、規約等の原案作成は私の仕事になっていた。こうなると、学術研究は二の次であった。しかし、新設の岡山理科大学の発展のためにはこれは重要な仕事であると認識していた。私はこうした過労のため原因不明の頭痛となったので、昭和四一年四月から学生課長の辞任を申し出たところ、学長の承認を得た。

これより先、昭和四〇年二月一五日、森滝先生から「二〇ヒ一一ジ、シモンオコナウ　モリタキ」の電報を受け取った。私の博士論文が広島大学大学院文学研究科教授会で受理されていたのは昭和三九年一月二七日であった。以来一年以上にわたって審査されていたのであった。その口頭試問が実施されるという電報であった。試問は森滝市郎教授と山本幹夫（空外）教授とによって約一時間森滝先生の研究室において実施された。主査の森滝先生は次のように評価された。

「論文の構成はよいが、内容の個々についてはもっと立ち入って研究するところがある。グリーンが批判している点と批判されている思想家とをよく吟味すること、グリーンの批判が当たっているかどうかを自分で考えてみる必要がある。

これを今後修正し、補い、立派なものにしてもらいたい。それを信用し、君自身今後この論文を大成するであろうことを信じて受理したのだからその点をよく含んでおいてもらいたい。」

山本先生は次のように論評された。

「カントやアリストテレスについて常識となっている点はよく理解し、それを論文に出してもらいたかった。カントとグリーンとを比較すれば、当然そこに君自身の考えが出てくるはずであるから、今後その点を開拓し、研究してほしい。

この論文においては君自身の考え方があまり出ていない。その点でアリストテレスやカントをよく研究（たとえばイェーガーの「アリストテレス」を読んでおくとか、カントの第一批判から第三批判までを読む）し、自我実現と比較し、自分の考えを出すようにしてみたら、よくなろう。

大学院時代にあれだけ頑張ったのだから、今後もやれるに違いない。忙しいだろうが、是非やって学界のため、この研究室のために尽くしてもらいたい。新制の学位は本格的研究へのスタートの意味を含んでいるからこの点をよく了解し、責任をもってほしい。倫理学教室では君が最初であるから責任がある。今後しっかりやってもらいたい。」

以上、約三〇分間の後、森滝先生から「二月二二日の教授会に論文を提出し、審査し、決定される見込みである」と話された。昭和四〇年二月二三日付の電報「ロンブンパスオメデトウ　モリタキ」が私のところ（岡山市南方一―二―二四）に届いた。学位記（第五六号）が届いたのはその一週間後のことであった。

私はその後森滝先生および山本先生からいただいた助言や課題に応えるために、まず、オックスフォード大学へ留学する計画を立てた。私は日本私立学校振興・共済事業団の私学研修福祉会の在外研修員に応募した。その決定通知が届いたのは昭和四七年三月下旬であったように記憶している。早速、渡英の準備をした。同年四月の岡山理科大学入学式・学内でのオリエンテーション等非常に多忙であった。加計学長から「学外の蒜山学舎（岡山県真庭郡蒜山学舎）でのオリエンテーションが終了した後渡英してほしい」と要望があったので、四月三〇日まで県北の山間地で指導した後、夕方自宅に帰った。その翌日新幹線で上京し、五月一日午後一〇時ＪＡＬでロンドン（ヒースロー空港）に向けて出発した。私の留学期間は昭和四七年五月一日から同四八年四月三〇日までであった。私学研修福祉会からの助成金（一〇〇万円）の支給は同年夏との通知があった。同年四月二七日、私は岡山市の住友銀行岡山支店から一四〇万円をドルに替え、その小切手を持って出発した。日記には以下のように書いている。「私は今このイギリス行きを一つのかけとしている。それに生命をかけている。たとえ死んでも悔いはない。男は一つの仕事に金を投じなければ人間はできない。人のできないことをやる、勇気が要求される。私は今この外遊に全生命をかけているのである。」（行安茂『イギリス・アメリカ滞在日記』、昭和五六年一月）

10　オックスフォード大学から南イリノイ大学へ

私がオックスフォード大学へ留学した目的は次の六点であった。

第一はT・H・グリーンの遺稿を調査研究をし、若き日のかれの問題意識を明らかにし、その思想がどのようにして形成されてきたかを検討することである。これはかれの主著である『倫理学序説』および『政治的義務の諸原理』の理解に不可欠である。とくにグリーンの若き日の宗教論文等を調査し、その内容を検討することはその形而上学の理解に有力な手がかりを与えることができると考えられる。

第二は現在のイギリスの大学教授の中でグリーンの哲学・倫理学、宗教論、政治哲学に関心をもっている教授を歴訪し、かれらと会見し、なぜかれらがグリーンの思想を再評価しているかを確かめることである。このことは現代（20世紀後半）のイギリス哲学界においてなぜ分析哲学が注目されているか、なぜグリーンの理想主義（観念論）が批判されてきたか、分析哲学の盲点は何であるかを知る上においてヒントを与えるであろうと考えられる。

第三はグリーンが生誕したヨークシャー州のバーキン地方を訪問し、グリーンの父が牧師であった教会を見学し、その資料を集めることである。日本人のグリーン研究者の中でこの地方を訪れた人はいなかったし、河合栄治郎さえもバーキンを訪れてはいなかった。ある思想家の生誕地を訪問し、その自然環境を観察することはその人の人間的成長と自然・文化との関係を知る上において重要な意味をもつ。M・リヒター（グリーン研究者）が社会学的アプローチによってグリーンの思想形成過程を明らかにした理由の一つがその点にあったことを考えるとき、グリーンの生家（牧師館）を訪ね、その管理人に会うことは意味があると考えたからである。

第四はグリーンがその創設に全エネルギーと資産とを投じた「オックスフォード男子高等学校」およびオックスフォードの「サマーヴィル・カレッジ」を訪問し、関係者に会い、資料のコピーを入手することができる可能性があるということである。このことはイギリスの中等教育史および女性高等教育運動史を知る上において現代的意義をもつと考えられる。それはグリーンの自由主義の一側面である。河合栄治郎は断片的にはこの側面にふれてはいるが、十分検討するに至ってはいない。

第五はグリーンの墓地を訪れ、追悼の意を捧げることである。河合栄治郎の『在歐通信』（日本評論社、昭和二三年）の中に墓地の通り（Walton St.）は示されているが、番地は記入されていないので、この点を確かめるためにも一度墓参に行く必要があると私は考えたからである。

第六はグリーンのデューイへの影響はあったかどうか。デューイの初期の研究論文をオックスフォードのボードリ図書館で関係雑誌のバックナンバーを調べることによって発見することは今回の私の留学の重要な目的の一つであった。デューイはジェイムズの心理学やダーウィンの進化論から影響を受け、プラグマティズムを確立したというのが通説であるが、私はかねてからデューイのプラグマティズムの中にグリーンの理想主義の影響を受けた残滓があるように見えてならなかった。この点を確かめるためにはデューイの初期（一八九〇年前後）の論文を再検討する必要があると私は考えていたからであった。

私は以上の研究テーマの答えを発見するために関係教授に会う申し込みをした。その結果訪問し、話し合うことができた教授は以下のとおりであった。C・ヒル学寮長（ベイリオル・カレッジ）、W・M・リヒター教授（ニューヨーク市立大学）、A・M・クィントン教授（ニュー・カレッジ）、W・H・ウォルシュ教授（エジンバラ大学）、A・J・M・ミルン教授（ダラム大学）、B・G・ミッチェル教授（オリエル・カレッジ）、D・ヘイ氏（リンコルン・カレッジ）、R・ストーリ教授（セント・アントニー・カレッジ）、A・ソーパー牧師（セント・ベネディクト教会、ロンドン）、F・C・レイ元校長（オックスフォード学校）、リー牧師（セント・アンドリューズ教会、オックスフォード）、レディ・トンプソン教授（ジョンズ・カレッジ）夫妻、M・ウォルトン元牧師（大正時代の日本宣教師）、クィン氏（ベイリオル・カレッジのライブラリアン）、E・スワロー夫人（バーキンのセント・メアリ教会のWarden、グリーンの生家の管理人）、S・M・エイムズ教授（南イリノイ大学）、E・R・エイムズ教授（南イリノイ大学）、ボイドストン博士（南イリノイ大学「デューイ研究センター」所長）、ハウィ教授（南イリノイ大学）。

私がオックスフォードに滞在中、分析哲学に不満をもつ学生が「急進哲学」という組織を設立し、ヘーゲル、グリーン、F・H・ブラッドリを再評価する運動をイギリスの主要大学の学生と連携して展開していることを知った。かれらはマルクス主義や精神分析学にも関心をもち、哲学史を再検討することにも関心を寄せていた。かれらは現代のイギリス哲学は行き詰まっており、不毛であり、生産的ではないと批判する。かれらは新しい活路を見出そうとしているのであった。かれらはその啓発活動として雑誌『急進哲学』を年四回発行してきた。詳細は私の論文「現代イギリス急進哲学の問題と方法」(『理想』五二三号、一九七六年)および「転換期を迎えるイギリス倫理学」(岡山大学倫理学会編『邂逅』第二号、一九八四年)を参照されたい。

私はオックスフォードに滞在中、アメリカの南イリノイ大学の教授であったS・M・エイムズ教授から手紙が届き、「セミナーで講義をしてくれ」という依頼を受けた。期日は一九七三年四月二三日(月曜日午後七時―九時)であるという。初めての経験であるので受諾すべきかどうかに迷った。「日記」には次のように書いている。

① アメリカへ行くか行かないか
② 行くとすればいつか
③ 航空券が五月二日まで有効であるので四月一六日か一七日にカーボンデールに着くのがよい。
④ 何の目的で行くか。グリーンとデューイとの関係についての研究の可能性が開ける。
⑤ エイムズ教授のセミナーで講義をすることは私の人生において恐らくこの一度しかないであろう。
⑥ 今が最善のチャンスである。エイムズ教授と私との間に何となくムードが高まりつつある。

⑦私に与えられるあらゆるチャンスを活用すること→私の生き方。

以上のように考え、私はアメリカ行きを決断した。エイムズ教授の手紙を受けとったのは昭和四八年二月二日（金）であった。同年二月八日（木）からデューイのグリーン批判論文を読み始め、「グリーンとデューイ」と題した講義の内容について考えてきた。その下書きをノートに書き始め、三月一〇日（土）、講義案（約一万二〇〇〇字）を書き終えた。その下読みをオックスフォード大学の学生ジェイムズ君（私が間借りしているフィリップ氏の家の三階に住んでいる学生）にお願いした。三月一六日（金）、かれは修正した論文の返却に来た。誤りは私が想像したほど多くはなかった。「フィリップ夫人によると、私の論文はよくでき、ほとんど完全であるが、理解できなかった、とジェイムズ君がいっていたという。」（拙著『イギリス・アメリカ滞在日記』、一八〇頁）私はこの論文を清書し始め、これが完了したのは三月二三日（金）であった。その日、私はこの論文をタイプに打ってもらうことを日本人の留学生（早乙女君、語学研修生）に依頼した。かれからタイプされた論文を受領したのは三月二九日（木）であった。私は早乙女君にお礼として三ポンドを渡した。三月三一日（土）から四月一四日（土）まで毎日午前中「ユニバーシティ・パークス」へ行き、論文を大きな声で読む。タイプに誤りがあることを発見することもあった。アメリカの南イリノイ大学での講義のリハーサルの訓練ができるに従って私は自信をもつことができた。フィリップ氏宅での最後の朝食（夫妻と私）は四月一五日（日）であった。この家では部屋代（週七ポンド）を毎週日曜日に私が支払う約束であったが、この日はお礼を含めて私は八ポンドを支払った。こうして私はオックスフォード駅を後にし、ロンドンに向かった。宿舎はセント・ジェームズホテルである。

午後はホワイト・タワーやタワー・ブリッジを見学し、ソホー地区やピカデリ街、オックスフォード・サーカス通りを歩いた。一六日（月）の午前はウェストミンスター寺院や議事堂を見学した。午後はセント・ベネディクト教会を訪問し、A・ソーパー牧師（最近、「神学者としてのT・H・グリーン」の研究によりロンドン大学から博士号を受領した人）に会った。かれと約二時間話したことは有益であった。

11　エイムズ教授との交流と南イリノイ大学での講義

私が一九七三年四月二三日（月）午後一九時から二一時までの二時間にわたってアメリカの南イリノイ大学の哲学科において「グリーンとデューイ」と題した講義をするようになったのは以下のような交流が一九七〇年から始まっていたからであった。S・M・エイムズ教授は『ジョン・デューイ初期全集』（1―5）の編集の一人であった。その第3巻（一九六九）の「序論」はエイムズ教授による執筆であった。これを一読した私は若きデューイがその思想形成の初期においてグリーンから大きな影響を受けていることを初めて知ったのであった。私は一九七〇年頃佐伯敬夫君（福井大学助教授）からデューイの初期全集が発行されていることを聞いた。かれはスミスやヒュームの道徳情操論を研究していたので、デューイに直接関心はもってはいなかった。しかし、私はデューイはグリーンの自我実現論から影響を受けることによって成長論を主張するに至ったのではないかという一種のインスピレーションが起こっていた。もしかすればその手がかりが見つかるのではないかと推察し、『デューイの初期全集』3（一九六九）を購入したのであった。本書に注目したのはその内容が『批判的倫理学概要』（一八九一）であり、かれの初期の倫理思想を知る上において重要であると推察したからであった。

以上のような仮設からエイムズ教授の「序論」を読んでみたところ、私の予想が的中した。私は若きデューイがグリーンの理想主義の自我実現論から強い影響を受け、それを前向きに批判することによって実験主義的な成長論を主張するに至ったことを知ることができた。デューイは自我実現の理想論を批判することによって「実験主義的理想主義」を展開する。エイムズ教授はデューイがジェイムズの『心理学』との比較によってグリーンの形而上学的基礎を心理学的倫理学へ転換しようとすると指摘する。教授はこの転換を「序論」において明確に解説する。私はこの議論を参考にして「グリーンとデューイ」（日本倫理学会編『倫理学年報』第二一集、昭和四七年）という論文を発表した。それは私がオックスフォード大学へ留学する直前であった。私はこの論文を書くに当たってエイムズ教授の「序論」が大変参考になったので教授にお礼とコメントを含む手紙を南イリノイ大学哲学科に送った。それは一九七〇年の六月であった。

エイムズ教授からオックスフォードの私の宿舎に南イリノイ大学での講義依頼の手紙を受けとったのは、すでにふれたように、一九七三年二月二日（金）であった。これより先、エイムズ教授は一九七二年六月一二日（月）から一五日（木）まで岡山を訪問した。これより以前に私はエイムズ教授とは文通をしていた。かれから届いた最初の手紙は一九七〇年七月二一日付であった。その中でエイムズ教授は「デューイ著作集第三巻への私の序文が助けになったことを嬉しく思います。貴君がデューイ倫理学について進めている研究を何らかの点で助けることができれば、幸いである」と謝意を述べた。そしてかれは『ジョン・デューイ著作集案内』を目下書いていること、日本におけるデューイの影響について関心をもっていること、『デューイ刊行物計画』について協力してほしいことをつけ加えていた。第二回目の手紙（一九七〇年一二月五日）によれば、エイムズ教授は一九七二年三月か四月頃に日本を訪問し、私に会いたい旨の予告をした。第三回の手紙（一九七一年九月一五日）によれば、日本訪問は一九七二年六月となるだろうと知らせてきた。私はすでにオックスフォード大学留学が決定しており、五月一日に岡山を出発するので、会うことはできないが、家族が大歓迎するから、岡山へ来て下さい、と返信を送った。こうした交流の結果、エイムズ教授は夫人と娘とを同伴して岡山を訪問した。私の親族先の学生にエイムズ教授一家を京都や広島の観光に案内させた。本来ならば、私が岡山理科大学でエイムズ教授の公開講演の場を設定できたはずであったが、私は五月一日に岡山を出発し、渡英する計画であったし、エイムズ教授も一九七二年六月一二日―一五日間の岡山滞在計画を立てていたようで、私は岡山でエイムズ教授一家に会うことはできなかった。しかし、エイムズ教授は私の家族や親族のホスピタリティに大変感謝し、満足のゆくおもてなしを受けたという礼状がオックスフォードの私の宿舎に届いた。

以上の経緯があってエイムズ教授は一九七三年四月二三日（月）に南イリノイ大学での講義を依頼した。私は四月一八日（水）午後一時のＰＡＮに乗り、ニューヨークに着く（午後四時）。四月二〇日（金）ラ・ガーディア空港を出発し、セント・ルイス空港に着く。荷物を受け取る方向へ歩いたところ、エイムズ教授が私を迎えに来てくれていた。聞けば、ＯＺ（セントルイスとカーボンデールとの間を飛ぶ飛行機会社）がストをしているので迎えに来たと教授はいう。セントルイスとカーボンデールとの距離は一〇〇マイルである。初めて見るアメリカの土地の広さ、大豆や小麦を栽培している広い農地に驚いた。アメリカは農業国でもあるという強い印象を受けた。カーボンデールのホテルはRamada Innである。デラックスなホテルである。

エイムズ教授は四月二三日（日）は私を夫人と娘（アン）と共に州立公園（日本の「大山」に似た大きな森林の公園）へ案内した。山小屋で他の五人の家族に私は紹介され、楽しく昼食を共にした。その日の夜はエイムズ教授はかれの自宅に私を招き、夕食を楽しくいただいた。夫妻は私に次の本を献本した。

1 *Guide to the Works of John Dewey*.(Book)
2 *Bertrand Russell's Theory of Knowledge*.(Book)
3 "The Cognitive and the New Cognitive in Dewey's Theory of Valuation."(Article)
4 "Russell on What there is."(Article)

ラッセルについての論文はエイムズ夫人の最近の研究である。彼女は南イリノイ大学哲学科の教授である。3の論文はエイムズ教授の最近の研究であり、1の*Guide*はエイムズ教授等の共編によるデューイ研究の入門書である。四月二二日（土）にはエイムズ教授は私を「デューイ研究センター」に案内し、そこの所長であるボイドストン博士（女性）に私を紹介した。彼女は長田新、岸本英夫、永野芳夫の生死について尋ねたので、私はかれらが故人であるというと、リストに印をつけていた。エイムズ教授の話によると、私がカーボンデール（南イリノイ大学の所在地）へ来たのは日本人の哲学者としては初めてであるという。四月二一日の夕方、エイムズ教授が私をホテルへ連れて行くとき、「講義は日本語でされるか英語でされるか」と尋ねたので、私は「英語でします」と答えたところ、かれは原稿を見せてくれ、というので私は約一万二〇〇〇字の原稿を渡したところ、月曜日の夜のセミナーの出席者に渡したいと話していた。四月二三日（月）の午前南イリノイ大学の図書館に私を案内し、デューイの遺稿や書簡を見る機会を与えられた。エイムズ教授は大学のレストランに私のための昼食パーティを開いてくれた。六人（五名の教授等とエイムズ夫人）が参加していた。これらのうち二人が哲学者で他の一人は図書館員であった。エイムズ教授は昨日私の原稿を見て、「大変よく書けている」といった。

四月二三日（月）夜七時、まずエイムズ教授が私を紹介した後、私は七時一五分から八時すぎまで約一時間原稿を読み上げた、出席者は大学の教授等が数人、学生・院生が約二〇名であった。質問は約一時間。質問のポイントは次の四点であった。（質問は約一時間。）

1　デューイの宗教について

2　グリーンのデューイへの影響

3　グリーンにおける詩と科学

4　学生（台湾の留学生）による禅

初めての英語による質疑応答による討論であったが、アメリカの教授の関心がどこにあるかを知ることができた。グリーンについてはエイムズ教授を除いては知識をもっているようには見えなかった。私はこの講義によって英語による論文（約一万二〇〇〇字）を初めて書き、講義と討論の機会が与えられ、その後の私の研究にとってエポックメーキングな経験となった。四月二三日の夜はエイムズ教授宅での夕食会に私は招待された。行って見ると、私の講義に出席していた院生が約一〇人招待されていた。学生の間では今実存主義や現象学が流行しているという。アメリカの哲学者（教授）はオックスフォード大学に対して一目おいているようにみえた。かれらは私がオックスフォードへ行っているというだけで何か権威があるように私を見ている印象を受けた。

私は四月二四日（火）カーボンデールの「ラマダ・イン」でエイムズ教授夫妻と朝食をとった後、カーボンデールの空港まで教授は私を送って下さった。五日間、カーボンデールへ滞在したが、エイムズ教授の「至れり、尽くせり」の歓迎にただただ感激と感謝の数日であった。私はアメリカ人の心の一面を改めて知ることができた。それは、すでに述べたように、私が旧制岡山県金川中学校の三年生（昭和二一年）の夏、岡山県御津郡津賀村（現吉備中央町）下加茂の宇甘渓の橋の下でジープの運転ミスで茫然としていた進駐軍夫妻を救助したこととつながっているように思われた。少年期の経験がその後の人生において大きな自信を私にもたせてくれたように思われたのであった。

私は一九七三年四月二五日夜、八時四〇分に羽田空港に着いた。空港には倭子（妻）、三人の子供（茂樹、博子、政樹）と石田照子（叔母）が迎えに来ていた。エキサイティングな、一年ぶりの再会であった。二九日（日）には天皇誕生日であるので皇居へ六人が出かけ、祝意を表した。

12　国立大学の教員採用公募への応募とその失敗

私は昭和五〇年四月から岡山大学へ転出した。それ以前に、七つの国立大学教員の公募に応募したが、すべて失敗した。この失敗の原因は私の研究業績等にあったが、人事をめぐる複雑な人間関係がからんでいたので若い研究者のために敢えて失敗の背景等について述べておきたい。私が国立大学への転出を希望していた理由は次の点にあった。

（一）私は昭和三九年四月から同五〇年三月まで一一年間岡山理科大学に在職した。その間、学生課長（同三九年四月―同四一年三月）、学生課課長兼厚生課長（同四二年四月―同四七年四月末）、学生部長（同四九年四月―同五〇年三月）の中間管理職を務めた。この仕事と研究とは両立しなかった。私は昭和四〇年二月二二日、広島大学から文学博士の学位を授与された。その口頭試問のとき、森滝教授と山本教授から論文の補充・修正と今後の課題について要望された。私自身もその論文の不十分な点についてはよく認識していた。私は学位論文には満足していなかった。私は今後、それを修正・加筆する必要を自覚していたが、中間管理職に在り続ける限り、落ちついて内容を考えることができなかった。

（二）私は岡山大学へ転出する以前に、小原美高先生（岡山大学法文学部）、虫明竑先生（岡山大学教育学部）、小倉貞秀先生（広島大学文学部）、平野武夫先生（京都教育大学）、名越悦先生（神戸大学）、内海巌先生（広島大学教育学部）の六人の先生や先輩から国立大学の教員採用公募に私を推薦して下さった。これらの中で私にとって最も印象に残っている三つの大学の採用人事の失敗とその背景について述べてみたい。

（三）第一は岡山大学法文学部の場合である。確か昭和四三年夏ごろ岡山大学法文学部哲学科の小原美高（倫理学）先生が私を自宅に招き、松本良彦教授（倫理学）退官後の人事の公募に応募するように推薦された。小原先生は松本教授退官（昭和四四年三月）後、私とコンビを組み倫理学の共同研究をし、授業を分担したい意向のようであった。私は岡山大学在学時代から指導を受け、私に広島大学大学院進学の道を開いて下さった学恩のある先生であった。そのためもあって小原先生の推薦を快諾した。そして関係書類を提出した。ところが、他方、山本空外先生の推薦によって小西国夫さん（旧小西清、広島工業短期大学）がこの公募に応募した。二人のうちどちらかを人事選考委員会によって決定することになった。結果は小西さんが候補者として決定された。小西さんは私より二年先輩であり、研究業績においては私より優れていた。小西さんは岡山大学教授として就任し、小原先生は小西さんよりもはるかに大先輩であったが、助教授として昭和四四年四月からスタートした。この人事の背景には小原先生に対する批判が哲学科内にあったからであるが、哲学科内部の教授等の対立に起因する人間関係の上下の結びつきが裏面に働いていた。小原先生はその後間もなく岡山大学を退職され、川崎医療短期大学の学生部長として転出された。他方、小西さんは確か四四年—五年後、がんで急逝された。思えば私と小西さんとは昭和三五年末から同三六年三月にかけて広島工業短期大学の教員推薦をめぐって水面下で山本先生を中心に協議の対象となっていたようであった。小西さんが勝者となり、私は敗者となった。しかし運命は不思議であり、小西さんは岡山大学に就任してから四年―五年後に急逝した。
　私の第二の失敗は長崎大学教育学部の教員採用の公募に応募したところ、私は以下のような圧力によってこれを辞退せざるを得ない結果になったことである。この応募を紹介し、推薦したのは虫明竌先生（岡山大学教育学部教授）であった。ところが、昭和四七年一月一二日に広島大学の池田末利（中国哲学、日本学術会議議員）教授の指示によると推察されたのであるが、その後輩の小倉貞秀先生（広島大学文学部教授）から岡山理科大学の私の研究室に電話がかかってきた。その内容は「長崎大学教育学部への応募を中止するように」とのことであった。長崎大学の人事選考委員会の委員でもない、外部の二人の教授がなぜ人権無視のこのような圧力をかけてくるのか。この公募に応募したのは小西さんと同級生であり、カント倫理学を研究をしていた木場猛夫さんであった。木場さんは当時まだ博士の学位を受領していなかった。私はすでに述べたように、昭和四〇年二月二二日、博士の学位を受領していた。察するに、応募書類を見て私が研究業績の点で木場さんよりは優位に立っていたことは一目瞭然であった。長崎大学側の関係者は周章狼狽したらしい。「木場さんを採用することは難しい」と察した長崎大学側は木場さんを推薦した池田末利教授・小倉教授に相談したらしい。こうした人脈によって二人の教授から若輩の私に辞退を要求したのであった。私はこの電話に対し、即答を避け、改めて返事をすると小倉先生に伝えた。私は私を推薦した虫明先生に相談し、「辞退する意思表示をしたい」と伝えたところ先生は「それはよい判断である」といわれた。私は一月一三日朝（八時四五分）、小倉先生に電話し、私が応募を辞退する旨を伝えた。先生は大変感謝され、今後の私のことについては十分処遇すると話された。その後、池田教授に電話をし、「今回の件は辞退します」と私の意志を伝えたところ、池田教授は大変恐縮され、感謝し、今後のことはこちらで考えると話された。以上が長崎大学の人事についての顛末である。木場さんは昭和四七年四月から長崎大学教育学部教授として採用され、附属中学校長をも歴任された。その間カント倫理学についての博士論文を広島大学に提出し、学位を授与された。主査は小倉貞秀教授であった。木場さんは長崎大学の定年を待つことなく、五〇歳代後半、がんのため他界した。木場さんも小西さんも旧広島文理科大学を共に昭和二七年に卒業したが、研究生として残っていたので私は昭和二九年四月以降、交流があった。木場さんも、小西さんも、気が小さく、無理をして勉強しているようであった。私との運命的出会いを思わずにはおれなかった。私がその年（昭和四七年五月）、オックスフォード大学留学を決断したのは、岡山大学と長崎大学との応募への失敗がその一因であったかもしれない。

第三の失敗は東京学芸大学の公募への応募をめぐるトラブルであった。トラブルとは東京学芸大学の中川武夫教授に対する失礼の人間関係であった。これは以下のような経緯によるものであった。私は岡山理科大学在職中の昭和四六年の秋頃であったと記憶しているが、関西道徳教育研究会会長の平野武夫先生（京都教育大学教授）の推薦により中川武夫教授（日本道徳教育学会副会長）を紹介され、同大学の「道徳教育の研究」の担当教員の公募に応募しないかと勧誘された。平野先生は応募の意思があれば中川教授に関係書類を送るようにいわれた。私はこの親切に応えるため関係書類を中川教授に送った。翌年の三月になっても中川教授から採用人事の選考の経過と見通しについて何も連絡がなかった。長崎大学の教員採用にすでに失敗していたのでこのまま待っていては私の人生は開拓されないと判断し、日本私立学校振興・共済事業団の私学研修福祉会の在外研修員の公募に申請をした。加計勉理事長の承諾を得ていたのでこの承諾書を添えて申し込みをしたところ四月に入ってから許可の通知が学長宛に届いた。すでに述べたように学長から四月の入学生のオリエンテーション（三月三〇日）が終わってから渡英してほしい要望を受けていたので、これらの仕事を終えてから五月一日に岡山を出発し、ロンドンへ向かった。それまでの間、東京学芸大学の中川教授からは何の連絡もなかった。新幹線や飛行機の中でこの件は頭の一角に残ってはいたが、私は中川教授に挨拶することなく出発した。帰国後わかったことであるが、これが中川教授を立腹させたのであった。勿論、私は出発以前（三〇日頃）、妻に発送先のリストを渡し、オックスフォード大学留学の挨拶状（私の住所を含む）を出しておくように頼んでおいた。五月中旬、中川教授はこの挨拶状を読んで、妻に電話し、「怒るような口調で何回もくどくど私を非難し、妻は涙を抑えることができず、ただ聞いてばかりしていた。このことを夫に伝えればショックを与えるかもしれないと思って何もいわず我慢していた」と私が帰国後、妻から初めて聞いたのであった。

中川教授はオックスフォードの私宛に一通の書面も送ってきたことはなかった。昭和四八年六月の日本道徳教育学会の懇親会の席上で周囲に会員がいる中で私を罵倒するのであった。私は屈辱を感じていたが、私はにこにこして笑って静かに一方的に聞くだけの心境になっていた。中川教授は虫明竌先生を呼ばれ、「この男はろくなやつではないが、国立大学へ行きたがっている。虫明さん、どうか一つ頼む」と話していた。懇親会が終わる前に、中川教授は私に「仲直りしよう」といって握手を求めるのであった。私はこれが何であるか、全くわからなかった。一人芝居のように見えたからであった。さらに中川教授は「私が死んだら葬式に来てくれ」といった。つづいて「私は東京学芸大学の名誉教授になった」といって名刺を私に渡した。中川武夫とは以上のような人物であることを私は初めて知った。人間は晩年の在り方・振る舞い方が大切であることを痛感したのである。

13　岡山理科大学から岡山大学への転出と私の教育研究活動のスタート

私の人生遍歴の中で昭和五〇年四月から岡山大学へ転出することができたことは、これからいよいよ英米倫理学を本格的に研究することができるという意味において最大の転機と意味とをもった。しかし、岡山理科大学から岡山大学へ転出するに際しては加計勉学長（理事長）から転出の許可が簡単には得られなかった。学長は私のイギリス留学から帰国後、三年間は勤務してほしいという。しかし私はすでに昭和四九年四月に入ってから私の履歴書および研究業績書を岡山大学教育学部に送っていた。同年七月一三日、虫明先生から電話があり、翌一四日に私は虫明先生に会った。先生は私の人事に関する状況を次のように話された。

① 教育学部の人事選考委員会は公募の要件として年齢が三五歳―四〇歳前後で公募したところ私を含めて四名の応募者があった。
② 選考の結果、私が第一位、第二位が東京教育大学の助手、第三位が四〇歳の人、第四位は三二歳の人である。
③ 審査委員は藤沢教授（日本史）、中島教授（教育学）、三宅教授（心理学）、虫明教授（倫理学）

の四人であり、藤沢教授が委員長であった。藤沢教授は私に対して好意的であった由とのこと。

④ 将来、私が教授への昇格時期が五—六年先になる見込み。

以上のことが人事選考委員会のポイントであった。藤沢教授が私に対して「好意的」であったのは、私が岡山青年師範学校二年次生（昭和二四年度）のとき藤沢先生の「社会科教育法」の授業をすでに受けていたからであったと考えられる。このときが先生との最初の出会いであった。藤沢先生・中島先生は事前の面接のとき、私に「将来の教授昇格は五年～六年後になるが、これでよいか」と極めて丁重な言葉で質問された。私は「すべて無条件でよろしくお願いします」と答えたところ、両委員は大変喜ばれた。

問題は加計学長が岡山大学長の私の割愛願いを了承するかどうかであった。加計学長は岡山理科大学理学部長や学長補佐の教授と協議していたと聞いたが、学長の判断に一任するという意向であったといわれる。私はこの問題は加計学長が岡山大学の支援があって初めて岡山理科大学が発展しているという事実をどう認識するかにかかっていると判断した。岡山理科大学学長と岡山大学学長との間の信頼を加計氏がどう判断するか。これは両トップの信頼にかかわる問題であると私は静観していた。加計学長は岡山大学学長からの私の割愛願いを受け入れ、教授会の了承を得た後私の転出を認めた。加計学長の心情は私を岡山理科大学から離したくなかったようであった。一一年間にわたる私の在職中の献身的にして開拓的な私の活動を見て将来の岡山理科大学を担うリーダーとして私は見られていたことは、私が岡山大学へ転出した後のある日の加計学長との私的対談においてもらしたかれの言葉から再認識された。加計学長は私が岡山理科大学から去るのを残念に思ったのである。その対談のとき加計学長は「君が岡山大学助教授として転出したことが私にはわからなかった」と私に話した。このとき改めてかれの価値観と私のそれとの相違を知ることができた。加計学長は私が岡山大学助教授として転出する理由を理解できなかったのである。経営者の立場から考えれば人は然るべき地位と給料とによって動くものだという考え方が一般的であろう。私は昭和四四年四月から同五〇年三月まで岡山理科大学教授であったから、同五〇年四月から助教授として岡山大学に採用されることは降格である。私は地位よりも学問の成果を満足のゆくレベルに高めることが私の使命であり、これが森滝教授・山本教授が私に対して求めた期待と課題に応える唯一の答えであると確信していた。

私は昭和五〇年四月から岡山大学教育学部助教授として教育研究を本格的に開始し始めた。教育学部の授業は倫理学の講義・演習・卒業論文の指導と『道徳教育の研究』（全学共通の必須科目）であった。この道徳教育は教員を志望する教育学部および他学部（法文学部・理学部等）の学生にとっては必須であった。受講生が四〇〇人以上であったので二クラスに分けて三人の教員（木原・井上・行安）がそれぞれ五回ずつ分担し、私が他の二人の試験の点数を集めて最終評価をした。私は社会科教室（八人の教員から構成）に所属した。教室会議の司会と記録の仕事を私は担当した。会議の時間を能率的にするために私がこれらの仕事を引き受けたのである。もう一つの理由は附属小中学校の社会科教員（六人）との人間関係をよくし、共同研究を改善するためであった。とくに懇親会の幹事として学部と附属との関係の相互理解を深めるように努力した。それは非常によい効果をあげた。

さて教育学部在職中の教育活動は大きく三つに分けられる。それは学会の研究活動、学内の教育研究活動、国際的な交流活動の三活動である。

第一の学会活動を時系列に紹介すれば以下のとおりである。昭和五一年三月二六日に設立された日本イギリス哲学会の発起人の一人として参加したことである。私はオックスフォード大学留学から帰国した昭和四八年五月、その成果をまとめ『トマス・ヒル・グリーン研究』（理想社、一九四九）を刊行した。これが注目され、日本イギリス哲学会の設立発起人に小泉仰教授等から依頼された。そして同学会の理事に選ばれた。学会の事業としてイギリス思想研究叢書12巻の第10巻『T・H・グリーン研究』（御茶の水書房、一九八二）の企画と編集を私と藤原保信教授との共編によって完成することができた。これは河合栄治郎以後のグリーン研究の集大成であると私は自負している。

次に、私は昭和五三年三月二七日に虫明竑先生と相談し、岡山県出身の綱島梁川を共同研究する計画を立て、先生の教え子約一〇人を集めて説明会を開いた。当時文部省から地方文化の発掘ということが叫ばれていたこともあって忘れられていた思想家・綱島梁川の生涯とその思想を研究することは今日的意味があると考えたのである。五回にわたって梁川全集の研究発表した後、梁川の出身地である岡山県上房郡有漢町（現高梁市有漢町）へ行き、一泊二日の現地調査をし、現在の郷土史研究者・葛野定一氏および梁川研究者・蛭田禎男氏から説明を受けた後、梁川の生家と墓地を訪れた。梁川は東京専門学校（現早稲田大学）で学んだので、峰島旭雄教授（早稲田大学）および磯野友彦教授（早稲田大学）にも依頼し、若き日の梁川と大西祝との関係についての原稿の執筆をお願いした。こうしてでき上がったのが虫明竑・行安茂編『綱島梁川の生涯と思想』（早稲田大学出版部、昭和五六年）である。

第三は行安茂『デューイ倫理学の形成と展開』（以文社、一九八八）を刊行したことである。私は南イリノイ大学で「グリーンとデューイ」の講義をした後、デューイの思想形成に関心をもった。デューイはグリーンの道徳的理想論を批判した後、プラグマティズムの心理学的倫理学を展開する。その成果は『哲学の改造』（一九二〇）や『人間性と行為』（一九二二）に現れているが、その原点は『倫理学の研究―シラバス―』（一八九四）にある。ここで論じられる実験主義的行為論（「試行錯誤」）の原点はその前年の論文「道徳的理想としての自我実現」（一八九三）に見出される。デューイはこれらの研究によって行動と自我との同一性を現在の経験の中に発見する。私はこうした観点に立ってデューイ倫理学を再検討する必要があると考え、本書を刊行したのである。

第四はH・シジウィックの『倫理学の諸方法』（一八七四）を中心とした共同研究の構想を立て、その成果を刊行することであった。私はシジウィック倫理学を大学院の修士課程時代に研究していたこともあって改めてロールズがシジウィックの倫理学の方法をどのように評価したか、シジウィックの正義論とロールズのそれとはどう違うかという問題意識からシジウィックの倫理思想を一九世紀のイギリスの政治思想や経済思想との関連において、さらに一八世紀のイギリスの倫理思想との関連において再検討する必要があると考えるに至った。執筆者はイギリス哲学や倫理学の専門家、政治学や経済学の専門家、イギリス史についての専門家にお願いし、広い視野からシジウィックの倫理学、政治学、経済学を総合的に研究し、その成果を刊行する計画を立てた。

次に教育学部における学内活動について述べておきたい。その中で最も難しかった仕事は入試管理委員であった。その難しさは小学校教員養成課程、中学校教員養成課程、養護学校教員養成課程、幼稚園教員養成課程、養護教諭養成課程の入学試験の点数の最低点が各課程において異なるため、これらの差異をどう調整するか、点数だけで揃えようとすれば得点の低い課程の合格者は少なく、他の課程の不合者の第二志望者によって補うとすれば、得点の低い課程の受験者の第一志望を生かすことができない。この矛盾が判定会議の最大の難問であった。しかし、基本的には第一志望を生かす観点から他の課程の不合格者の第二志望の補充を最少限に抑える方向で調整したように記憶している。

14　岡山大学の中間管理職と国際会議―シンガポールと韓国訪問―

私は昭和五〇年四月から平成九年三月まで二二年間岡山大学教育学部に在職した。その間、昭和六三年四月から平成四年三月まで教育学部附属教育実習研究指導センター長併任の辞令を受領した。平成四年四月から同七年三月まで教育学部附属小学校長併任の辞令を受領した。これら二つの中間管理職から学ぶ点は実に多くあった。

岡山大学在職時代の最初の国際会議（「T・H・グリーン没後一〇〇年記念会議」）へ私が出席したのは、一九八二年九月一六日―一八日であった。開催場所はオックスフォードのベイリオル・カレッジ（グリーンの母校）であった。その会議の組織委員長はヴィンセント博士（カージフのユニヴァーシティ・カレッジ）であった。九月一六日の三時すぎにベイリオルの部屋で私がヴィンセント博士と話していたとき、北岡勲先生（日本大学）が入って来られ、三人で話した。四時から始まる会議（コーヒー付き）に私は出席したが、北岡先生はこの会議への申し込みをしていなかったので失礼された。私はこの会議では発表することはできなかったが、日本を出発する前に論文（英文）「近代日本における道徳哲学および政治哲学に与えたT・H・グリーンのインパクト」（約一万字）を完成していた。この論文は私がその内容と組み立てを書き、藤原保信教授が一部修正し、加筆したものであった。私はこの論文のコピーを持参し、九月一六日、一七日の会議のときに参加者に配布しておいた。会議終了の一八日には参加者の多くの人が私のところにやって来て論文のコピーをくれませんかと次々と請求してきた。すでに読んだ人からは「大変興味があった」とお礼を伝えに来られる人もあった。私はこの論文と行安茂・藤原保信共編『T・H・グリーン研究』とをベイリオル・カレッジに寄贈したところ、このカレッジのマスターであるアンソニー・ケニー氏から礼状が私の部屋（同カレッジの学生寮の中の一室）に届いていた。これらの研究論文はベイリオル・カレッジの「グリーン・ペーパー」の箱の中に収められたらしい。帰国後、私はG・トマスの『T・H・グリーンの道徳哲学』（クラレンドン・プレス、一九八七）を読んでいたとき、私の論文等の内容が要約（同書六四頁）され、人名索引には私の名前があげられているのを見て驚いた。

この会議の昼食後（一八日）、ヴィンセント博士とかれの友人であるマイケル・ジョージ氏とが私に「グリーンの墓地に案内してくれませんか」と依頼したので、私はかれらと共にウォルトン街を歩きながら墓地に案内したところかれらは大変感謝された。

次に、私は一九九〇年七月二七―三一日までシンガポールで開催されたＩＣＥＴ（International

Council on Education for Teaching）に出席し、報告をした。題目は「日本の初任者教員の質を改善する計画と実施」（Programme and Implementation for the Quality of Beginning Teachers in Japan）であった。当時、日本においては初任者の教員の研修が重要視され、都道府県の教育委員会においてその計画と実施が検討されていた。今回のICETの共通テーマもこれと同一であることを知った私は岡山県教育委員会の指導課に行き、その計画案を見せてもらった。私はその案の骨子を英語に訳し、約五、〇〇〇字の報告を作成した。この会議に参加した日本人は私一人であった。この学会の開催を私が知ったのは次の経緯によるものであった。一九八九年四月ごろ東北師範大学（中国）から岡山大学教育学部長（秋山和夫）へこの会議の案内状が廻ってきたことによる。ICETは一九八九年七月に北京で開催される予定であったが、天安門事件が起こったため、急に中止され、その代わりとして一九九〇年七月にシンガポールで開催されることになった。当時、私は教育学部附属教育実習研究指導センター長の職にあったので、学部長から私のところへ関係書類が廻ってきたのである。ICETの事務局長はFrank H. Klassen氏であった。シンガポールは私の初めての訪問であったが、かれと五日間話しているうちにかれから私に「ICETの終身会員になってほしいことと日本でICETを開催したいが、その交渉を進めてもらえないか」との要請を受けた。前者について受諾したが、後者については帰国後関係者と交渉してみると回答した。

さて会議での報告は三人の報告者（ブラジルのリオデジャネイロ連邦大学の女性、アメリカの飛び入りの報告者、私）が一〇時半から一二時まで発表した。発表は一人二〇分であり、三〇分間三人に対する質疑応答が進められていた。私に対しては三人から質問があった。終了後、二人の参加者が私のところにやってきて「日本へ行って研究がしたいのでホスト・プロフェッサーになってもらえませんか」と依頼した。よく聞いてみると、その中の一人がサバティカル（有給の研究休暇）を利用し、日本へ行きたいというので私はその場で「ＯＫ」と承諾した。かれはオーストラリアのヴィクトリア大学の小学校教員養成課程の教員であって、岡山市の小学校教育の現状を調査研究したいとの要望をもっていた。私は帰国後、かれを岡山大学に受け入れ、留学生会館に宿泊する手続きをとらせた。かれが来日した後、私はかれを岡山市内のいくつかの小学校に訪問させ、校長と面会する機会を用意した。私はシンガポール滞在中、学会の企画によって小学校と中学校とを見学する機会を与えられた。小学校ではコンピューターの導入台数とその施設とが日本よりも進んでいることに感心した。ＩＣＥＴでの私の報告内容については *Improving the Quality of The Teaching Profession*（ICET, 1998, P.108）および『教育実習研究年報』第一号（岡山大学教育学部附属教育実習研究指導センター、平成二年、五頁―一五頁）を参照されたい。

第三の報告は一九九四年八月二七日―二九日、中央大学駿河台記念ホールで開催された「第四回国際功利主義研究会」での私の発表である。発表の題目は「近代日本における功利主義の批判と自我実現の受容―綱島梁川と西田幾多郎における日本の伝統的思想―」であった。私は当時教育学部附属小学校長であった。公務の暇々を見て、校長室で報告の原稿の下書き（英語で約一万字）の英文を書いた。私はこの会で三人のアメリカやカナダの研究者と会い、話すことができ、大変有益であった。私は一九八〇年ごろシジウィックの研究者・Ｊ・Ｂ・シュニーウィンド教授（ジョンズ・ホプキンス大学）の『シジウィックの倫理学とヴィクトリア朝道徳哲学』（一九七七）を知り、これについてのコメントをかれに送っていた。今回初めてかれに会い、かれの英語がわかりやすく、正確な発音をすることに感心した。私は懇親会のときかれに「あなたはどこで生まれたのですか。英語が実にわかりやすく、上手ですね」と尋ねたところ、かれは私に「私はニューヨークで生まれた。英語の発音等については正確に、わかりやすい声で話すようにつとめてきた」というのであった。次にお目にかかったのはシンホニー教授（アリゾナ州立大学）であって彼女はT・H・グリーン研究者であった。彼女は「T・H・グリーンは功利主義であったか」というテーマで報告した。私は彼女にいろいろ質問した後、彼女は私に私の論文や本を送ってくれと依頼した。もう一人お目にかかった報告者は、私と同じ会場で発表された中国人の李氏であった。かれは「功利の原理と正しさの原理―厳復（Yen Fu）と近代中国における功利主義」というテーマで発表した。かれは北京大学の若い先生で、当時、アメリカに留学中であった。私の発表についてはシンホニー教授からグリーンの個人主義について質問があり、姫野教授（長崎大学）から梁川と西田幾多郎との思想上の共通点について質問があった。

懇親会の席上、日本人の何人かは私の研究発表が早く読み上げたのでついてゆくことができず理解できなかったと語った。私はこれを確かめるために外国人に対し、私の発表を尋ねてみた。ロング教授（カナダ、政治学）は「大変流暢な英語であった」と答えた。別の人に「早く読んだので理解できませんでしたか」と尋ねたら「そんなことはない、あれで普通ですよ」と話していた。シュニーウィンド教授は「あなたは英語の文章が上手ですね」と論文の感想を話してくれた。とくにロング教授から私の英語が流暢であるといわれたのはいささか驚いた。私の留学の成果が少しはあがっていたのかもしれない。

第四の活動は一九九五年八月四日から同七日までの四日間、私が岡山県道徳教育研究会の会員一六名の団長として韓国の大邱市の学校教育の視察と同市教育委員会との交流のために訪韓したことである。私が韓国の教育行政の関係者と大学の研究者との交流の必要を感じたのは当時（一九九〇年代）日本と韓国とは隣国でありながら政治的には関係が悪化している現状を見て互いに民間交流を盛んにし、相互理解を深める必要があると認識していたからである。この点は日本人の心ある人々は知っているが、では各自が何をどうしたらよいかについて教育関係者は積極的に動こうとしていないことに私は焦燥感を抱かざるを得なかった。知識階級の中には論評はしても行動に打って出る人は多くはいない。私はこう考え、韓国の教育視察と交流に第一歩を踏み出す決断をした。

幸い私は大邱市在住の友人・朴奉穆教授（元嶺南大学校）を知っていた。私は事前に朴教授に手紙を送り、訪韓の目的を説明し、岡山県内の小中学校の教員一六名と共に大邱市の小中学校を訪問したいので関係機関への紹介等の依頼をした。朴教授は日本デューイ学会の会員であり、アメリカでPh.Dの学位を取得し、日本語にも精通した信頼すべき人であった。朴教授から親切な返事が届いた。私はこのとき「今回の訪韓は半ば公式となった」と強く感じた。一九九五年八月五日、われわれ一行は大邱市の孝新国民学校および東都女子中学校を訪問し、非常に感激させられることがあまりにも多くあった。「玄関には『日本国、岡山県学校道徳研究会ご一行歓迎』と大きく書かれた掲示板が立ててあった。夏休みであるにもかかわらず、全教職員が出勤し、それぞれの場所で出迎え、礼儀正しく説明してくれた。給食の調理室を見せてくれ、給食婦の説明を受けた。児童生徒たちの中、係や役員のような子供が出校し、私たちの会議の様子をヴィデオで撮っていた。清掃が行きとどいており、校内は美しかった。一番印象に残ったことは、各教室の正面より少し高い壁に韓国の国旗が掲げられていることであった。愛国心を育てる教育が徹底していると感ぜずにはおれなかった。もう一つ感じたことは、教室の正面にある、先生用の机の上に白のテーブルクロスがかけられていることであった。先生を尊敬する心の現れと解釈せずにはおれなかった。」(行安茂『私の教職遍歴―六五歳の停年を迎えて』山陽図書出版株式会社、平成九年、八〇頁)

第五の活動は附属小学校長としての仕事についてである。校長の部下に、副校長、教務主任等の役職の教員がいるので校務についてはこれらの教員が責任をもってやってくれるので校長として困ることはなかった。ただ毎週月曜日の朝礼のときの「話」の内容を何にするかということにはいつも考えさせられる問題であった。児童が興味・関心をもつ話題は何であるかということであった。私は毎週の週末には次週の月曜日の朝礼の話の原稿を書くことにした。各年度にはこれらを一冊の本にし、教職員および保護者に配布した。そのタイトルは次のとおりである。

平成四年度『豊かに生きる』(総頁数五五頁)

平成五年度『たくましく生きる』(総頁数七四頁)

平成六年度『元気よく共に生きよう』(総頁数七七頁)

これらの朝礼の話をまとめたことは児童の反応を確かめる上に大変よかった。子どもが最も関心をもって聞いたように見えたことは私が朝礼台に立って大きな声で歌った童謡であった。その内容は季節等に応じたものであった。

もう一つの思い出は附属小学校創立一二〇周年記念事業として何をするかが同窓会（会長・黒住宗晴）において協議されたとき、私は附属小学校の発祥の地に記念碑を建立してはどうかという提案をしたところ、これが全員一致の賛成によって決定されたことであった。附属小学校は明治九年に創立され、場所は一九九四年現在の岡山市立旭中学校のところであった。ここに岡山師範学校が設立され、その附属小学校がこの地でスタートした。もう一つの場所は岡山操山高校の前身（岡山第一高女）の発祥の地（岡山市役所の東側の貯金局の敷地）に、明治三七年、岡山女子師範学校が設立され、その校舎の一部が附属小学校としてスタートした。これら二つの場所に記念碑が建立され、平成六年（一九九四年）一〇月二〇日、除幕式が挙行された。石碑は数百年の風雪に耐え、歴史に残る記念碑となるであろうと考え、私が提案し、ここに除幕式を迎えたことは私にとっても感慨無量の思いであった。

第六の活動は一九九四年一一月一九日にドイツの社会教育指導者数名の一行が岡山大学教育学部附属小学校を訪問し、生活科、社会科、理科の授業を見学されたことである。見学終了後、校長室でかれらと学校側の幹部数名との間で質疑応答の意見交換の場が設けられた。私はそのとき次のような学校の歴史について英語で説明した。

A speech to German Leaders for Social Education, November 19, 1994

1. Outlook of our School

This is an elementary school attached to the Faculty of Education, National Okayama University.

I am both principal of the school and professor of the University. Mr.Isoyama is vice-principal, Mr.Ogawa teacher in charge of the general affairs concerning instruction, Mr.Torii teacher of life environment, Mr.Okada teacher of social studies, Mr,Yoshioka teacher of science. Mr.Tanaka is a teacher of social studies and is also in charge of teaching pratice.

Our school was founded in 1876. It is 118 years old this year. It has 31 teachers and 12 office-workers. School children are 760, who come here from 25 school areas in the city of Okayama. They come to school by walking or by tram-car and bus.

Those who want to enter the school must pass the examination, which will be held in the early January every year. Applicants are more than 300, which are about 2.5 times as heavy as the fixed number(132).

Our school has 20 classes and 2 combined classes. Each of 20 classes has 40 boys and girls.

Each of the combined classes has 24 children. 1st and 2nd grades constitute one class, and 3rd and 4th grades the other. 5th and 6th grades have no combined class.

2. Our school has two special aims. One of these is the research of a subject, which is to be studied by all teachers under the guidance of professors of Faculty of Education, Okayama University. Every year we have the meeting in which about 1.200 teachers come here from various areas in Japan. They observe how teachers instruct, and how children response to teacherss' questions. Visitors discuss on instructional objectives and the methods of teaching.

The other special aim is the guidance of teaching practice. Every year we are training 3rd year students so that they will be good teachers. They are divided into two groups, each of which is about 86 students. 4 or 5 students belong to each class, where they teach subjects 4 times in a month. Of course, other duties are required.

Students for teaching practice are to be trained here for 4 weeks.

3. Curriculum.

① School children study 9 subjects, which are language, arithmetic, social studies (from 3rd to 6th grades), science, music, drawing and handicraft, physical training, morality, life environment. You may be interested in the last subject. The life environment is a new subject, which has recently been established in Japan. The above 9 subjects are taught in all elementary schools in Japan.

② School terms are divided into 3. The first is from April to August. Summer vacation is from 20 July to 31 August. The second is from September to December. Winter vacation is from 23 December to 7 January. The third is from 8 January to 19 March. Spring vacation is from 20 March to 7 April.

The second saturday is holiday. The second and fourth will be holidays from next year forth.

③ School children come to school from monday to saturday (except the second saturday) Usually they start to learn lessons from 8:35 A.M. to 16:00 P.M. Of course, this schedule includes times for rest, lunch and cleaning etc. They must go home after 16:00 P.M.

3 Environmental Education

We plan extracurricular activities in the school curriculum. We take school boys and girls to facilities which are outside the school.

4th grade's children go to the mountains, where they do such activities as hiking, feeding, campfiring and fishing etc. for two nights and three days.

5th grade's children go fishing with seine, boating, observing stars etc. for two nights and three days.

6th grade's children go to another facility in the mountain. It is far form our school, and takes one hour to arrive at the facility. They experience such activities as feeding, campfiring and night-walking etc. for two nights and three days.

5 teachers and principal participate in these activities to guide school boys and girls. Moreover, 5 or 6 staffs of the centre for social education join in the activities to help our teachers. As you have stayed, there are Kibi House for boys and girls, and other centres for training young men and women. We taks school boys and girls to these centres so that they can experience such moralities as friendship, co-operation and service.

We have other programms for environmental education. First, we take all children outside the school in Spring. This is an excursion. However, only 6th grade's children visit Kyoto and Nara to learn the history of ancient Japan and its culture for one night and two days. Moreover, we take our school boys and girls to factories (fur instance, motor-car or agricultural machine) to obeserve the process of production.

15　岡山大学時代の社会的貢献活動と岡山県下の教育委員会との連携

私は岡山大学在職中、岡山県下の教育委員会、県知事部局、岡山市長部局等からの依頼により約二〇種類の地域貢献活動をした。そのすべてを紹介することはできないが、とくに印象に残っている活動内容をいくつかあげて説明してみたい。

（一）昭和五一年五月のある日、岡山県御津郡加茂川町（現吉備中央町）教育委員会の沼本梅太郎教育長が教育学部の私の研究室を訪問し、「新しい加茂川中学校を建設するためその場所を調査研究してもらえませんか」という依頼を受けた。当時、加茂川町内には三つの中学校（津賀中学校、円城中学校、御北中学校）があったが、生徒数の減少に伴い、これら三中学校を統合し、新しい中学校を建設する必要があった。町議会で新しい中学校の場所を検討したが、結論を得るに至らなかった。そこでこの問題を解決するために、私にその調査研究委員会を設置し、報告書を提出してもらいたいと要請された。加茂川町は私のふる里でもあるので、少しでも役に立てばと思って即座にその依頼を受諾した。

私は委員会の委員の人選をするため、教育学、社会学、経済学等を専門とする学部の教授にお願いしたところ、すべて辞退された。岡山県においてはすでに柳原中学校の統合問題がこじれて新聞に出た過去の経験があった。これを危惧する教授たちがいたと私には推察された。そこで私は第二の候補者として恩師の虫明竌教授（倫理学）、土井嗣夫教授（教育学）、宗田克己非常勤講師（自然地理学）、鶴藤鹿忠助教授（社会学・民俗学）の先生に依頼したところ快諾を得た。土井先生は香川大学教授であったが、近く定年退官し、岡山県瀬戸町の自宅に帰る予定であるとのことであった。宗田先生は第六高等学校の助手の後、旧制金川中学校教諭であった関係上私と親しい関係にあった。鶴藤先生は川崎医療短期大学助教授であり、私と長く交流のあった先輩であった。以上の四人と私とが調査委員会のメンバーであり、私が事務局長として企画と調査活動のマネージャーの仕事を担った。加茂川町役場の車に五人が乗り、加茂川町の起伏に富んだ地域を全域にわたり調査し、生徒が自転車で通学できるかどうか、学校の所在地として交通上どこが中心地であるか、校地としての条件はどうか、山の崖が崩れることはないか、水の便はよいか、日照時間はどの程度よいかなど教育的観点から観察した。さらに教育長や各地区の古老等の意見を聞き取ることに努めた。その結果、二つの場所（旧長田村の下土井地区と旧津賀村の加茂市場近くの日名地区）を候補地として選び、協議の結果、下土井地区（幸元）が新しい中学校の建設予定地として最も適しているという判断に達した。私はこの報告書を昭和五二年四月一六日、加茂川町教育委員会教育長の沼本梅太郎氏に提出した。

（二）私は倉敷市教育委員会教育長・今田昌男氏から「倉敷市総合社会教育センター」の建設構想の調査研究を依頼された。それは昭和六二年四月のことであった。まず基本構想委員の人選に着手し、岡山大学から小野文久教授（教養部）、可児弘毅教授（教育学部）、川崎謙助教授（教育学部）、田中治彦講師（教育学部）、鶴藤鹿忠教授（川崎医療短期大学）、美咲隆吉教授（工学部）を選び、承諾を得た。これらの外倉敷市教育委員会から片山益雄校長（倉敷市立玉島東中学校）、佐藤卓志放送部長（NHK岡山放送局）、州脇博校長（倉敷市立味野中学校）、田中邦夫社会教育主事（岡山県教育庁社会教育課）、本田実理事（財団法人倉敷天文台）、三宅礼徳校長（倉敷市立東中学校）、味野茂校長（倉敷市立大高小学校）が選ばれ、総計一四人が委員であった。これらを第一部会（七人）と第二部会（七人）とに分けた。第一部会の委員長は行安教授が、第二部会の委員長は美咲教授が選出され、これら全体の委員長は私（行安）であった。

第一部会および第二部会はそれぞれ全国の諸施設を出張訪問し、先進諸施設を見学して廻った。このようにしてでき上がった『倉敷市総合社会教育センター（仮称）基本構想委員会報告書』を昭和六二年九月一四日、滝沢倉敷市長に提出した。この構想によってその後「ライフ・パーク倉敷」が建設された。この施設は当時西日本最大の新しい社会教育施設として注目された。

（三）私は昭和六三年八月から「岡山市婦人問題対策協議会」の委員を岡山市から委嘱され、平成二年九月二七日には同会の副会長に選出された。任期は平成一〇年八月二九日までであった。会長は西村綏子教授（岡山大学教育学部）であった。この協議会の目的は「男女共同参画社会」を構築することにあった。これは当時国をあげての全国的な啓発活動であった。私がこの活動に共感したのはJ・S・ミルからT・H・グリーンに至る一九世紀のイギリス思想が女性の高等教育を高めようとする自由主義を研究していたからである。当時、私はグリーンが推進していたサマーヴィル・カレッジの創設の歴史的背景に関心をもっていた。シジウィック夫妻やグリーン夫妻は共に女性の高等教育運動を推進する中心人物であった。私はこれらの知識を日本における男女共同参画社会の実現に役立てようと関心をもっていた。

（四）私は平成二年から同三年にかけて岡山県教育庁同和教育指導課から岡山県下の学校（幼、小、中、高校）の「教職員の意識調査」（アンケート調査）を実施してほしい依頼を受けた。意識調査とは同和教育についての教職員の意識調査のことである。岡山大学の教授の中に同和教育についての優れた専門家がいるので、私は辞退したが、同和教育指導課長から「行安先生に委員長になって取りまとめてほしい」と強く要望された。私はむしろ「教育学を専門とする教授の方が適格ではないか」と課長に尋ねたところ、教育学関係の教授はいずれも辞退されたという。私は同和問題の運動団体のリーダーの立場および教育委員会の立場を総合的に考え、委員長を受諾することに決断した。今に残る差別問題の解決のために私の研究（グリーン、デューイ、ロールズ等）の視点から「同和教育」についての意識調査を実施し、その報告書を提出することは今日的意義があると考えた。たとえその結果が六〇点であったとしてもアンケート調査を実施したほうが評価されるに違いないと私は判断したのであった。

私は以上のように考え、教育学部の同僚の中から高旗正人教授（教育学）、上原兼善助教授（日本史）、平井安久講師（数学）の承諾を得て委員になってもらい、私が委員長となって対外的に全責任をもつと三人の委員の先生の協力をお願いしたのであった。こうして私は岡山県下の教職員約二〇〇〇人を対象とし、県教育庁同和教育指導課の事務的協力を得て、アンケート調査を実施することができた。そして集計されたデータを四人の委員によって分析し、検討することによって『教職員の意識調査結果報告書―同和教育について―』（平成二年度）を完成し、岡山県教育庁同和教育指導課に提出した。これを読んだ運動団体の幹部が「報告書は大変よくできている」という電話が指導課へかかってきたという。私は私の判断が正しかったことを改めて思い出したのであった。

（五）私は岡山県教育委員会指導課からの依頼により岡山県道徳教育振興会議の委員の委嘱を受け、昭和六二年度から同会議の副会長として平成九年三月まで「家庭・学校・地域社会が一体となって道徳教育に取り組みましょう」という啓発の一端を担ってきた。学校は家庭や地域社会から離れた存在でないことはすでにデューイも主張した点であった。私は道徳教育は地域社会の幅広い支援と協力とがあって初めてその効果を発揮すると考えてきた。この意味において私は岡山大学在職中「岡山県道徳教育振興会議」の趣旨に全面的に賛成し、道徳教育の充実を推進してきた。

（六）私は平成二年二月から同三年三月まで「岡山県青少年学校外活動調査研究協力者会議」の議長として「学校週五日制」の実施に向け、土曜日をどう生かすかという問題をこの協議会において検討した。その委員は私の外に見戸長治教授（岡山県立短期大学）、河崎展忠岡山県子ども会連合会長、猪木一見岡山県スポーツ少年団専門委員会委員長、小林世位一岡山県ＦＯＳ少年団連盟副会長、増田勵ボランティア協会岡山ビューロー常任理事、山本裕之勝田郡勝北町公民館長、高野佳郎岡山市立少年自然の家所長、穂崎尚子岡山市政田小学校ＰＴＡ会員、朝原清倉敷市立第一中学校長、江草毅川上郡川上町教育委員会教育長、吉田周子岡山市立幸島小学校長、本多康男久米郡中央町立中央中学校長であった。旧委員は信原好貴元岡山県幼小中高ＰＴＡ連合会連絡協議会長、秋山規行前倉敷市立倉敷第一中学校長であった。

以上の委員による協議の結果、『青少年の学校外活動の充実について（まとめ）』（岡山県青少年学校外活動調査研究協力者会議、平成四年三月一九日）を発行した。

私は平成六年七月から同一二年八月まで岡山県環境審議会委員の委嘱を受けた。また同一一年八月九日から同一一年一〇月一二日まで倉敷市教育委員会の依頼により「よりよい成人式を考える会」の会長に就任し、成人式のあり方と場所について提言した。

（七）私は平成二年三月から同九年三月まで岡山市生涯学習推進協議会の会長に就任した。その委員は以下のとおりであった。副会長は有森剛前芥子山小学校長（現邑久町教育長）、委員は相原久仁男就実女子大学助教授、池芳昭岡山市教育次長、岡将男中国食品工業株式会社常務取締役、生咲恭仁彦山陽新聞社解説委員、国富比佐子岡山市国際交流協議会理事、芝野浩和岡山市保健福祉局長、谷口弥生岡山旭川ルネサンス代表、橋本進岡山市老人クラブ連合会会長、林順子「ウイメンズセンター岡山」スタッフ、光岡建磨岡山県教育庁生涯学習振興室長、八木橋五郎ＮＴＴ岡山市店長、安井英二岡山市参与、柚木脩川崎病院整形外科部長、横山學ノートルダム清心女子大学教授、若林昭吾㈱三好野本店社長、渡辺史郎㈱西日本テムシー専務取締役であった。

以上の委員の外、旧委員の菱川公資岡山市参与、藤原忠男岡山市民生局長、山内一則岡山県生涯学習振興室長、吉本唯弘岡山県生涯学習振興室長の協力を得て『岡山市における生涯学習推進方策について（第二次答申）』を平成六年七月に安宅敬祐岡山市長に答申した。

16　くらしき作陽大学時代と中国の教育視察

私は平成九（一九九七）年三月、岡山大学を定年退職した。岡山大学の在職期間は二一年間であった。同年四月二〇日で満六五歳であった。健康には自信があったので在職中から再就職を考えていたところ、旧制金川中学校時代の友人で二級後輩の松田隼人君（くらしき作陽短期大学教授、定年後同短大の名誉教授）から「くらしき作陽大学へ来てくれないか。松田英毅学長が受け入れる意向であるので至急会ってくれ」と電話が入った。松田隼人君は旧姓「贄田」であったが、旧制金川中学校・新制金川高等学校の恩師・松田昌守先生の親戚筋の松田家の婿養子となった。こうした縁から松田英毅学長から松田隼人君は信頼を受けていた。偶然であるが、平成九年三月、くらしき作陽大学のドイツ語教員が退職されるので、私にドイツ語と哲学の授業を担当してもらえないかと学長から私は要請を受けた。私はこの申し出を早速受諾し、学長を訪問し、ご挨拶をした後、四月からの授業日程等を聞いた。くらしき作陽大学には私は平成九年四月から同一四年三月まで五年間お世話になった。

在職中三つの教育研究活動をし、私の人生遍歴において新しい知識を得ることができた。第一はドイツ語の授業を担当したことである。私は岡山大学の学生時代にドイツ語の徹底的研究に全エネルギーを傾注した経験が定年後の再就職に役立つとは夢想もしていなかった。「芸は身を助ける」とはこのことであるかとしみじみと旧友松田隼人君に感謝したのであった。くらしき作陽大学では一年生、二年生のドイツ語を担当したが、中には三年生、四年生の学生も受講しているように見えた。私は二年生、三年生のドイツ語の学力のレベルを知るためにそのクラスで事前の試験をしたところ、中級以上の学力が全く身についていないことを知った。そこで一年生対象のドイツ語の初歩の文法理解を徹底するように復習のためもあって毎回試験を試みた。二年生以上のクラスにはドイツ語の初歩と少し長文のドイツ語とが十分理解できるように丁寧に指導をした。中には四年の学生がやってきて「ミュンヘンの音楽大学に入学したいので、ドイツ語を履習した証明書を書いてもらえませんか」と依頼してきたこともあった。私は手書きでその証明書を書いたこともあった。私はドイツ語の授業が楽しく、若き日の私を想像せざるを得なかった。

第二に私がくらしき作陽大学に在職中勉強になったことは、かねてから高山樗牛全集を読み、かれがグリーンからどのような影響を受けたか、かれの独創的思想は何であったかを研究したことであった。私はすでにグリーンの綱島梁川への影響とその思想形成についてはまとめていた（行安茂『綱島梁川―その人と思想―』、大空社、一九九七）が、梁川とライバルの思想家であった高山樗牛の美学については全く無知であった。二人とも理想主義を評価したが、かれらの人間観は違っていた。この違いは何に起因するかを確かめるために私は樗牛の人間本性論を検討し、「高山樗牛の人間本性論とイギリス理想主義―T・H・グリーンとの比較―」（『研究紀要』第34巻、第一号、くらしき作陽大学・作陽短期大学、二〇〇一）を発表した。これを足がかりとし、綱島梁川、高山樗牛、西田幾多郎において自我実現の理論がどのように受容され、批判され、発展したか、この発展は宗教思想（禅や浄土真宗）とどのような関係にあったかを考えることができた。

第三は私はくらしき作陽大学在職中に中国（洛陽）の教育の現状を知るために岡山県道徳教育研究会の一六人を連れ、訪中団の団長として洛陽市を訪問したことであった。その日程は平成一〇年八月六日から同年八月一〇日までの五日間であった。なぜ洛陽市を選んだのか、なぜ中国の道徳教育の現状に関心をもったか。私はすでに韓国訪問についても述べたように、中国においては当時日本の歴史問題がとり上げられ、小渕首相は「平和と発展のための友好協力パートナーシップの構築に関する共同宣言」を発表した（一九九八年一一月二六日）。日中間には歴史問題があった。私はこの問題解決のためには日中間の民間外交によって相互理解を深めることがこれからの課題であると考え、洛陽訪問を決断したのであった。ではなぜ洛陽市が選ばれたのか。私は中国に友人をもっていなかった。そこで思いついたのは岡山市と洛陽市が当時姉妹都市を結んでいたことに着目した。私は岡山市の関係部課に行き、洛陽市訪問の目的を説明したところ、確か一九九八年四月頃洛陽市外交部の呉小現氏が近く岡山市を訪問するので呉氏と打ち合わせをしたらどうですかと助言を受けた。呉氏の来岡日時（四月末頃）を知って私は岡山市役所の洛陽市担当者の紹介により岡山市西川のあるレストランで初めて呉氏と会談した。その結果わかったことは次の点であった。

①岡山県道徳教育研究会一行を迎える主体は中国人民政府の招待にするほうが一行の滞在の便をはかる上で最善であること。

②洛陽市訪問の飛行機は岡山市に本社がある「アジア・コミュニケーションズ」（社長松井三平）を利用すること。

私は日本交通公社等を考えていたが、これでは一行の滞在中のサービス等することはできないと吳氏は説明した。私はかれの助言に従って訪中計画を研究会員に説明して出発の準備をしてもらった。訪中団のメンバーは次のとおりであった。

行安茂（岡山大学名誉教授・くらしき作陽大学教授）、坂本素子（岡山理科大学附属高等学校教諭）、川地一紘（総社市昭和中学校校長）、大月隆昌（総社市教育委員会社会教育主幹）、野島淑子（倉敷市立東陽中学校教諭）、弓削いづみ（吉備郡真備町立真備中学校教諭）、原田由美子（倉敷市立玉島北中学校教諭）、横田貴弘（総社市立総社中学校教諭）、片山哲至（倉敷市立玉島北中学校教諭）、田原知佳子（笠岡市立笠岡西中学校教諭）、櫛田清美（倉敷市立玉島西中学校教諭）、松井三平（アジア・コミュニケーションズ社長）、行安倭子、平田由美子（総社市他二箇村中学校組合立総社西中学校教諭）。以上の外、会員の父親および谷嶺紅（通訳、岡山大学留学生）が参加した。

われわれ岡山県道徳教育研究会（一六名）は平成一〇（一九九八）年八月六日、計画どおりアジア・コミュニケーションズの飛行機に乗り上海に到着。驚いたことは洛陽市の外交部の呉小现氏が出迎えに来ていた。かれの案内により上海から鄭州まで飛行機で行く。鄭州から洛陽まで日本製の中古のバスに乗車した。ホテルの入り口には「熱烈大歓日本国岡山県道徳教育研究様」と大きく書かれた看板を見て、国賓並みの歓迎を感じた。翌日の八月七日、われわれは洛陽市人民政府を表敬訪問した。それは次のようなスケジュールで進められた。

1　洛陽人民政府紹介　　査敏副市長、馬英駿副秘書官ら
2　岡山県学校道徳研究会紹介
3　査敏副市長歓迎の言葉

4　本会行安会長あいさつ

5　プレゼント交換

6　記念写真

副市長の歓迎の言葉

「洛陽市は洛外の北に位置し紀元前一一世紀、周世王が国都『洛邑』を建設してから、九つの王朝が都を置いたところである。

教育には特別力をいれている。生徒数は一三六万人、教師は七万人で、六つの高等学校がある。課題は教師の待遇改善である。教師を尊敬することを重視している。教育は二一世紀の人材を育成するために大変大切な事業である。中国も道徳を大切にしており、今後、岡山県道徳研究会と友好が取れれば大変ありがたい。」

われわれ一行は洛陽市外国語学院を訪問し、洛陽市教育委員会（高根超教育長ら）と懇談した後、洛陽市外国語学院の生徒による民族舞踊、舞踊、鼓弓の演奏などを鑑賞した。その後、外国語学校の校長、副校長らと懇談した。それによると、洛陽市外国語学校は次のような特色をもつ。

中国国家教育委員会は一つの省に一―二か所外国語学校を作っている。その目的は「高い水準の外国語、しっかりした文化基礎」を身につける高校卒業生を育成し、大学に優秀な生徒を送り、社会に外国語能力の優れた人材を送ることである。洛陽市外国語学校はその趣旨に基づいて一九八九年九月（中国は九月が新学期）に設立された外国語を特色とする学校である。現在六学年、三〇学級があり、在籍生徒数は約一五〇〇人である。

外国語の授業は少人数で行い、三人の外国人教師が口語と閲読の授業を担当している。生徒は自分の希望する外国語を英語、日本語、ロシア語から一つを選び、高校に入ると第二外国語の選択授業もできる。昨年の入学試験では定員一六〇〇名に対し、四〇〇〇名の応募があった。

教科書は全国統一教科（国定教科書）である。小学校から外国語を学習し、知、徳、体のバランスのとれた人間づくりを目指している。中国では、以前、子どもに対して学問への期待が大きく、あまりスポーツや芸術の面は重視されなかった。しかし、近年、大学一辺倒という考えから、その子の個性を重視する傾向に変わりつつあるという説明があった。また、中国では、日本の「いじめ」にあたるものは非常に少ない。お互いを大切にするという考えがあり、これを「社会は大海、人間はその一滴、皆同じ」という言葉で説明をした。

教員の給与は「本科」「専科」「中等専門科」の卒業により異なる。また一年間研修した後、一定の基準を満たすと給与が上がる制度になっている。「教師は生徒のモデルである」という考えがあり。これを「教書育人」という言葉で説明した。

外国語学校では政治、思想、品徳の授業があり、品徳は、小学校では一単位時間四〇分間で週二時間、四名の専門教師で指導に当たっている。中等部では一単位時間四五分で週二時間、三名の専門教師で指導に当たっている。また、月一回、クラス担任による指導がある。

一九九八年八月八日の『洛陽日報』の新聞にはわれわれの訪中団について次のように報じられていた。

「『岡山県学校道徳研究会訪中団洛陽市到着』

六日、日本国岡山大学名誉教授行安茂先生を団長とする岡山県学校道徳研究会訪中団一行一六人が我が市に到着した。昨日の午前、査敏副市長は市政府にて訪中団一行と親切に会見した。会見時、査敏は、今回岡山各学校の先生がわざわざ学校道徳教育について我が市と交流することに対して、歓迎の意を表し、『中日両国の教育の規制は共通している。学生に対する教育は全面的に、高素質的な教育でなければならない』と述べた。訪中団は洛陽市滞在期間中に、同市の外国語学校と交流し、また龍門石窟、白馬寺などの名勝を見学する予定である。」

帰国前夜の八月九日の夜には送別会のパーティが開催され、銘酒をいただきながら相互理解を深めることができた。私は査敏副市長から揮毫「成徳大業」を記念にいただいた。呉小现氏（洛陽市人民対外友好協会）は龍門石窟や白馬寺への観光案内をし、帰国の日には北京空港までわれわれ一行を見送って下さった。私は中国人には儒教の礼儀正しさが徹底して生きつづいていることを再発見した。そこには日本の古きよさを思い出させるものがあった。もう一つ感じたことは中国と日本とは政治体制は違っているが、中国人との民間交流を盛んにすることを日本人が重ね、友人をもつならば、歴史問題を解決することに貢献するのではないかということであった。

17 オックスフォードの国際学会への出席と帰国後の学会の設立

私はくらしき作陽大学を平成一四（二〇〇二）年三月末を以て任期満了により退職した。その後は岡山大学および就実女子大学の非常勤講師として平成一九年三月まで在職した。私は岡山大学在職中から国立岡山看護学校（現岡山医療センター附属岡山看護助産学校）の非常勤講師として現在（二〇一九年）まで勤務している。なお、平成一一（一九九九）年から川崎リハビリテーション学院の非常勤講師として現在（二〇一九年）まで勤務している。

私はくらしき作陽大学を退職した後は自由な身となったので、これからは今まで考えてきたグリーン研究やデューイ研究を日本の思想家との関係において再検討し、まとめてみようと考えた。もう一つの課題として道徳教育の理論的研究および歴史的研究に新しくチャレンジし、これらをまとめてみようと考えた。これらが退職後の課題であった。この計画を考えていたとき、オックスフォードで二〇〇二年九月二日―四日の三日間「T・H・グリーンと現代哲学」の国際会議が開催される情報を入手した。この情報は二〇〇〇年五月一〇日付けの手紙がこの会議の組織委員会の一人であるマリア・ディモーヴァークックソン博士によって私宛に送られてきたことによって得られた。私は彼女とは交流は全くなかった。なぜ彼女は私を知っていたのであろうかという疑問が起こった。彼女の手紙によれば、彼女がグリーンの生家を訪問したとき、この生家の管理人であるE・スワローさんから私のグリーン研究の論文を見せてもらったというのであった。マリア博士の手紙は次のとおりであった。

「二日前、私は西ヨークシャー州のバーキンを訪問した。それはT・H・グリーンが生まれた場所の古い牧師館の写真を撮るためでした。私はあなたについて私に話してくれたスワローさんに会った。そして彼女はあなたが送っていた、T・H・グリーンについての論文を私に見せてくださった。・・・私は簡単にこれらを通読し、論文に興味をもちました。・・・私はあなたと同様にグリーンについてのテーマを書き終え、それはやがてマックミラン社から一冊の本として刊行されます。私は同僚であるコリン・タイラーと私とがT・H・グリーンについての会議を組織しています。それは二〇〇二年九月、オックスフォードで開催されます。正確な日程が決まったらあなたに情報を送ります。あなたがそれへの出席に関心をもっているならば、大変嬉しく思います。」

この手紙をもらったのは私がくらしき作陽大学在職中（二〇〇〇年）であったが、マリア博士に「出席し、発表する」旨の返書を送った。くらしき作陽大学退職までは残り三年足らずであったが、この間の時間を活用し、発表題目「日本における自我実現の思想展開とT・H・グリーン」の構想と内容とを考えた。私はこのテーマの副題として「西田幾多郎における人格と善」を設定し、西田とグリーンとの「自我実現」の共通点を指摘した上で、西田の自我実現論と日本の伝統的思想（禅）との関係を検討し、その独自性を明らかにした。私はこうした問題意識を一九七二年のオックスフォード大学留学時代以後もちつづけていた。

マリア博士は当時University College LondonのPostdoctral Fellowとしての若き研究員であった。二〇〇一年五月三日付けの彼女の手紙には次のように書いてあった。

「行安茂博士殿

昨年六月にはあなたの手紙と三論文とをありがとうございました。返事が大変遅れました。私はT・H・グリーン会議についての詳細をお送りしたいと思いました。あなたにお送りするポスターができたのは最近でした。他の組織委員（C・タイラーとB・マンダー）と私は、あなたが提案ペーパーを送ってくださるならば、大変幸せです。

二〇〇二年九月にお目にかかるのを楽しみにしています。

マリア」

さて、「T・H・グリーンと現代哲学会議」はオックスフォードのハリス・マンチェスターカレッジにおいて二〇〇二年九月二日から四日まで開催された。この会議の組織委員会の一人であるB・マンダーはこのカレッジのフェローであった。私はかれの案内により同カレッジ内の宿舎に二泊した。妻はこの間、オックスフォード駅近くの「ロイヤル・ホテル」に宿泊した。私は会議が終了した四日の夜このホテルに帰った。妻は二日間一人で三食の注文等や市内の見学をし、大変学ぶことが多かったと話していた。

私は九月四日（水）、午前一一時から約四〇分間（質問一五分を含む）「日本における自我実現の思想展開とT・H・グリーン―西田幾多郎における人格と善―」を報告した。日本人の発表者は私が一人であったが、参加者の中に深貝保則教授（横浜国立大学）がいた。参加者は西田幾多郎の『善の研究』（一九一一九）を知る人は一人も存在しなかった。私の発表の要点は以下のとおりであった。西田幾多郎は人格の実現が善であるという。人格とは知情意の統一である。この統一は至誠において成立する。至誠は純粋の心であり、他の余念を交えない自己そのものの状態である。西田はこれを「純一無雑の作用」と呼ぶ。この言葉は西田によれば「純粋経験」とも呼ばれる。西田はこの点においてW・ジェイムズの「純粋経験」から影響を受けていると指摘されるが、「純一無雑の作用」は白隠の「純一無雑打成一片の真理現前」から影響されていると見ることができる。西田の人格は白隠の禅と西田の禅体験とにその源泉をもつ。行為が善であるのは本来それが純粋経験（至誠または純一無雑の心）の表現であるからである。

報告後、三人から質問等があった。第一の質問はT・スプリッゲ（エジンバラ大学名誉教授）から①西田の「心の平静な状態」はグリーンにもあるが、この点はどうか。②ジョサイア・ロイスの「忠」は日本ではどう受け入れられたか。私は①に対してはグリーンが一八世紀の神学者・バトラーが"sitting in a cool hour"を二―三回使っていると答えた。②のロイスの「忠」は今から八〇年以前日本で注目された。確か『忠の哲学』という本があるが（スプリッゲ名誉教授はうなずく）、この本が日本語に訳された。日本では天皇への忠が重要視されたので、ロイスの「忠」が注目されたと思う。

第二の質問はA・シンホニー教授（アリゾナ州立大学）が西田とグリーンとではcalm state of mindはどう違うか。これに対して私はグリーンの場合「心」はキリスト教的背景をもっており、超越的神が前提にあるが、西田の場合、禅が「心の静かな状態」の前提にある。禅は自己を究明することによって人間の内に宿る仏陀を悟ることを教える。

第三は深貝保則教授（横浜国立大学）が質問というよりは補足説明を河合栄治郎の『トーマス・ヒル・グリーンの思想体系』（一九三〇）をとりあげ、参加者に紹介した。

私はこの学会からの帰国途上の飛行機の中でかねてから考えていた「イギリス理想主義研究会」を設立しようと決意した。私は河合栄治郎の研究者である川西重忠先生やボサンケの政治理論を研究していた芝田秀幹先生（宇部工業高等専門学校）の協力を得て「イギリス理想主義研究会設立発起人会」を二〇〇三年七月二六日（土）、明治大学創立一二〇周年記念館リバティ・タワー（一二

○D教室）で開催した。出席者は大塚桂（駒沢大学）、小田川大典（岡山大学）、川西重忠（桜美林大学）、佐々木英和（宇都宮大学）、芝田秀幹（宇部工業高等専門学校）、松井慎一郎（和光大学非常勤）、萬田悦生（京都外国語大学）、行安茂（岡山大学）であった。議事は、研究会の名称、研究会の規模と会の名称との関係、会誌の発行、研究書の発行、趣意書および規約、役員選出と事務局の件、第一回研究大会の日時と場所等について協議された。これらの中で役員は発起人のすべてが評議員として選出され、会長は行安茂会員が選出された。その他の件は原案どおり承認された。なお、会計監査には小田川会員と松井会員とが選出された。幹事は芝田会員が選出され、事務局は当分の間宇部工業高等専門学校内に置かれることになった。

『イギリス理想主義研究年報』創刊号は二〇〇五年発行され、二〇一八年で一四号を迎えることになった。イギリス理想主義研究会は設立以来院生を始め、若手の研究者の入会が着実に増えてきた。本会は二〇一一年八月二七日の総会（於同志社大会）において「日本イギリス理想主義学会」への昇格が決定された。偶然にも二〇一一年にはイギリスにおいてW・J・マンダーの『イギリス理想主義』（W.J.Mander, *British Idealism : A History*, Oxford University Press,2011.）が刊行された。その前年にはカナダのW・スウィート教授編『イギリス理想主義の伝記百科事典』（W. Sweet, *Biographical Encyclopedia of British Idealism*, Continuum, 2010.）が刊行された。こうした国際的動向に対応するかのように「日本イギリス理想主義学会」の昇格は海外からも注目されるに違いない。スウィート教授は先の『イギリス理想主義の伝記百科事典』（三五頁―四二頁）の中で中島力造、西田幾多郎、西晋一郎、井上哲次郎、高山樗牛、大西祝、綱島梁川、深作安文、河合栄治郎、友枝高彦がグリーンを中心とするイギリス理想主義から多大の影響を受けていることを紹介し、解説している。綱島梁川へのグリーンの影響については私の論文「グリーンの倫理学序説の誕生の背景」（『岡山理科大学紀要』、第六号、一九七〇）および私と藤原保信共著「近代日本へのT・H・グリーンの道徳哲学および政治哲学の影響」（T・H・グリーン百年記念会議に献呈されたペーパー、ベイリオル・カレッジ、オックスフォード、一九八二年九月）が紹介されている。これら二つの論文は私が一九八二年九月一六日―一八日、「T・H・グリーン没後一〇〇年記念会議」に出席したときベイリオル・カレッジ図書館（館長クィン氏）に献本したものである。英語で論文を書き、これを関係先の機関へ献本しておくことは広い世界の研究者によって注目されることもあることを私は初めて知った。

二〇一三年は日本イギリス理想主義学会の前身「イギリス理想主義研究会」の設立（二〇〇三年）から数えて一〇周年を迎えるので私はその記念論集として『イギリス理想主義の展開と河合栄治郎』を企画した。執筆者として和気節子、向井清、泉谷周三郎、萬田悦生、尾崎邦博、芝田秀幹、寺中平治、春日潤一、小松敏弘、山中優、佐々木英和、森上優子、花澤秀文、青木育志、松井慎一郎、山下重一、水野友晴、川西重忠、芳賀綏、田中浩会員に執筆をお願いし、私も執筆した。三六〇頁に及ぶこの記念論集は二〇一四年一月三〇日世界思想社（京都）から刊行された。本書は偶然にも河合栄治郎没後七〇周年の追悼記念論集にもなった。

18　私の道徳教育への関心と関西道徳教育研究会

私の研究遍歴は大きく二つに分けられる。その基本的部分は英米倫理学（T・H・グリーンからデューイに至る倫理思想の研究）である。他方、私は道徳教育の研究をしてきた。私は旧制金川中学校在学中から「漢文」の授業に興味をもち、『論語』の言葉に関心を寄せていた。昭和二一年夏、すでに述べたように、アメリカ進駐軍夫妻が谷川の川原に県道からジープと共に転落しているのを見て、私は一人でかれらを救助した。これは「義を見てせざるは、勇なきなり」（『論語』）を思い出したからである。また、「巧言令色《こうげんれいしょく》、鮮《すく》なし仁」（『論語』）という言葉も少年時代から記憶に残っていた。論語を学んだのは確か旧制中学校一年の三学期（昭和二〇年一月頃）であった。昭和二四年一月頃（旧制中学校五年生、新制高校二年）、私は岡山市の書店で天野貞祐『生きゆく道』（角川書店、一九四八年）を購入し、熱心に読んだ記憶がある。すでに述べたように、昭和二四年六月、私は岡山青年師範学校二年次編入学試験の口頭試問のとき、「君は最近読んだ本の中で感銘を受けた本は何か」と質問された。私はこのとき「それは天野貞祐の『生きゆく道』です」と答えた。本書が刊行されたのは昭和二三年であったから私にとっては記憶に新しい本であった。その頃は英語の学力を身につけるために*Ethics for Young People*を書店で購入して読んだこともある。著者名も刊行年も忘れてしまったが、著者はアメリカの大学教授（哲学）であったように憶えている。読みやすい本であった。タイトルは『若い人たちの倫理』であったから当時一七歳の私にとっては興味があった。

以上の読書遍歴からわかるように私は人間はいかに生きるべきかという問題に関心をもっていた。当時、私は岡山県金川高等学校の小使室で自炊生活をしながら将来の目的は何か、いかなる方向に進路を発見するかという問題に関心をもっていた。人間の生き方が求められていたのであった。当時は終戦直後で多くの生徒の心は荒れていた。教室の窓ガラスは夜のうちに割られてしまっていた。寒い教室の中での授業ではあったが、生徒たちは向学心に燃えていた。私は夜は旭川（岡山県の三大河川の一つ）の水ぎわに立って「少年老い易く学成り難し」「一寸の光陰軽んずべからず」の詩吟を大声でうなった。こうすることによって自分を元気づけ、将来に向かって自分を大きく伸ばしたいと鼓舞した。すでに述べたように、私は昭和一九年四月から旧制金川中学校一年生になったが、朝五時半に起床すると、まず家の裏の小さな池の側（そば）に行き、素肌で頭から水を全身にかけ、志気を高めた後、朝食し、六時すぎに登校の第一歩を踏み出した。四月はまだうすら寒い感じがしたが、「寒さに負けてたまるか」と自己を勇気づけた。これが「少年老い易く学成り難し」の声となって自己を激励した。その頃、私は河合栄治郎の「個人成長の問題」（『学生と先哲』、日本評論社、昭和一六年）を読んでいた。これによって学んだことは人生の目的は自我を成長させ、人格を実現することであるという生き方であった。河合のこの理想主義は当時の私には理解できなかったが、その後、私の頭の中に残っていた。私が昭和二四年六月、岡山青年師範学校二年次に編入学し、いろいろな教科を学んだ中で一般教養の倫理学（藤井則清担当）が最も興味があったのは、それ以前の私の読書による知識の蓄積によるものであった。テキストに使用された安倍能成『西洋道徳思想史』（角川書店）は私の最も興味のある本であった。その試験の結果がクラスの中で私がトップであったのはそれが私の問題意識（人生いかに生きるべきか）によく答えてくれるように考えられたからであった。

戦後の学生の間では一般に道徳は封建道徳の残滓であり、民主主義に反する思想であるという批判的風潮が広がっていた。学生の間に広がっていた思想はマルクス主義、社会主義、共産主義であった。民主主義や自由主義を理解する学生はほとんどいないように見えた。このような環境の中にあって私は道徳教育を民主主義や自由主義との関係において再構築する必要があると考え、岡山大学在学時代から道徳教育にも関心をもっていた。その後、広島大学大学院に進んでからも道徳教育には関心をもっていた。大学院在学中は日本道徳教育学会への出席は極秘にしておいた。私は英米倫理学の研究を主とし、道徳教育の研究を従として位置づけた。そして英米倫理学の研究によって得た理論の応用編として道徳教育の研究を位置づけた。「二足のわらじ」を履く研究になったが、当分の間、主力を英米倫理学（シジウィック、グリーン、デューイ）の研究に注いだ。そして晩年になるにつれ徐々に理論を応用に生かすという考えに立って道徳教育の充実と拡大の活動を考えていた。「二足のわらじを履く」ことは「二兎追う者は一兎をも得ず」の失敗の可能性を含むが、時間を上手に使い、エネルギーを消耗しないように行動し、急がず、落ちついて丁寧になし遂げるように自己をコントロールした。そうすれば疲労も少なくなり、すべての仕事を秩序正しく着々と仕上げることができると考えた。その後、私はヒルティ『幸福論』第一巻を読んでこの生き方を確信した。またこのような生き方に気づいたのは昭和二九年（大学院入学の年）四月以降、井上義光老師の坐禅の指導から得た方法（呼吸と動作とを一つにする意識的努力）によるところが大きかった。

戦後の日本において道徳教育の必要を主張し、「関西道徳教育研究会」（昭和二五年）を設立したのは平野武夫（当時京都学芸大学助教授）であった。この研究会への参加者は昭和二五年は二五〇人であったが、同二三年は一八〇〇人であった。この年は「道徳の時間」が特設された年であったので関心が高かったと考えられる。その後同三九年までは参加者は一一〇〇人から一二〇〇人ぐらいであった。関西道徳教育研究会は京都市を中心として開催されたが、参加者は北は青森県から九州地区に及ぶ広範囲の教員であった。私がこの研究会に参加し、「主張」の一人としてステージに上がったのは「第13回道徳教育研究協議会」が昭和三七年一一月二日―五日、精華会館（京都市）において開催されたときであった。当時、私は本会の「委員」であった。私は平野会長からの依頼により「高校『倫社』に期待するもの」を発表した。私は当時京都女子高等学校教諭であった。平野先生は昭和三六年九月、旧制広島文理科大学から「道徳教育における方法原理の研究」により文学博士の学位を授与されていた。第二八回（昭和四三年）の同研究大会の分科会（第一二回）において私は「資料の具備条件と活用上の問題点をさぐる」の助言者であった。私が平野会長から学んだことは次の二点であった。

第一は「価値葛藤の理論」であった。平野は高い価値と低い価値とが対立し、葛藤するとき、人間はどちらの価値を選択するかについて悩むという。この場合、高い価値選択を決断し、その実践によって人間は成長するという。平野はこの理論を道徳授業に応用するに当たって児童生徒の葛藤体験に訴え、これを反省することによってかれらは成長するという。次に、他者体験の資料を活用することによって他者の体験と児童生徒の体験とを比較させることによって反省を深め、かれらは何をなすべきであるかを考え、主体的思考から実践への道を自覚することができるという。この方法は私の「フレンケルに学ぶ」（『道徳教育』No.三五六、明治図書、一九八九）において紹介したアプローチと似ており、再評価されると私は考えてきた。

第二は平野会長の「関西道徳教育研究会」の運営の手腕と方法から学んだことである。関西道徳教育研究会の参加者は昭和三三年（第九回）のときは一八〇〇人、同三二年（第八回）のときは一六〇〇人、同三五年（第一〇回）のときは一三〇〇人であったといわれる。以後は参加者は一〇〇〇人から九〇〇人ぐらいであると記録されている。平野はこれだけの人数を動かすためにかれと家族の労働（封筒書きや発送および会場の交渉・設営等）によって準備されたと聞いている。日本の道徳教育の復興を志す使命感がなければこの研究会を三六年間（昭和二五年―同六〇年）継続することは不可能である。平野は毎年の大会主張を自から執筆し、大会指導講演を一〇人以上に依頼し、小学校の研究発表を四〇人以上に、中学校の研究発表を二十数人以上に依頼し、それぞれ発表内容の原稿を提出させ、『大会記録』を印刷した。この仕事を平野が一人で編集したそのエネルギーは想像を絶する超人的なものであった。関西道徳教育研究会がどのように運営されたかの一端をわれわれは察することができる。平野は小さなことにもよく気がつき、この大会を開催するに当たっては断乎たる決断を以って運営していた。戦後の日本の教育界は道徳教育は保守反動であるという政治的風潮と反対運動とによって支配されていた。「道徳教育」を口に出すことさえ憚る雰囲気が大学の中にも教職員の中にもあった。平野が昭和二五年に関西道徳教育研究会を立ち上げたことは誰にもできることではなかった。平野はこの点において勇気ある人物であった。

19　日本道徳研究学会への入会とその活動遍歴

私は英米倫理学（シジウィック、グリーン、デューイ）の研究によって道徳教育の基礎理論を求めてきた。私の博士論文のテーマは、すでに述べたように、「グリーンにおける自我実現の研究」であった。このテーマは現代の道徳教育が目的とする「自己実現」の理論である。自我実現とは人間の可能性の実現の意味である。可能性とは人間に内在する諸能力である。これらの能力は人間の行為能力、すなわち何かをなす能力である。それは行為をするときの判断力である。判断とは二つの価値の対象を実現する場面に直面したとき、どちらの価値対象を優先するかを選択する能力である。この能力は欲求（価値の対象を実現したいという欲求）と知性（その対象が他の対象よりもよいと識別する能力）とから構成される。二つの能力が一致した対象（目的）は、これを真に実現する意志が強くないならば、実現されない。これら三つの能力を統一する意識が「自我」（真の自己自身）である。人間のこれらの三つの能力は分散して働く。これらは統一されることなく働くが、このような分裂は平素の生活においては十分意識されていない。それが意識されるのは人間が挫折したり、失敗したりしたときである。このような状況を平野武夫（京都教育大学名誉教授）は「価値葛藤の場」とよぶ。道徳教育においてはこの場を設定し、児童や生徒が価値の対立や矛盾を感じとり、何をなすことが自分自身にとってよいかを考えさせることによって自己を反省し、よりよい自己実現に向かう行為や活動をすることができると平野は考えた。

私はグリーンの自我実現論は道徳教育においては自己実現の理論として学校現場に応用できると考え、昭和三三年一〇月頃、日本道徳教育学会に入会し、「社会科における道徳教育の方法」（同学会編『道徳と教育』No.30、一九六〇年）を発表した。私はすでに昭和三〇年ごろ岡山大学教育学部附属小学校で開催された岡山県社会科教育研究会においてこのテーマを報告していた。この頃から私は日本道徳教育学会の編集委員であった山田孝雄先生と交流を深めていた。先生は『ベンサム功利説の研究』（大明堂、昭和三五年）により日本大学から文学博士の学位を授与されていた（昭和三三年）。日本倫理学会の会員の中にはイギリスの倫理学を本格的に研究している先輩がいなかったので山田先生と交流を密にし、指導を受けたいと考えていた。先生自身もグリーンの人格実現説に共感し、大学院の演習ではグリーンの *Prolegomena to Ethics* (1883) を院生と共に読んでいたといわれる。このご縁により、私は「グリーンの青年時代と自我」（『道徳と教育』No.36、一九六一年）、「T・H・グリーンの生涯と思想」（『道徳と教育』No.40、一九六一年）、「T・H・グリーンの社会的活動」（『道徳と教育』No.64、一九六三年）を発表することができた。私は当時京都女子高等学校に在職中であり、グリーンについての学術論文を一本でも二本でも多く発表しておく必要があると考えていた。これらの論文は博士論文の提出（昭和三八年一一月）のための重要な資料となると考えていた。

私が日本道徳教育学会の同人に推薦されたのは昭和四一（一九六六）年であった。同四九（一九七四）年には私は同学会の理事に推薦された。いずれも山田孝雄先生の推薦によるものであって感謝の外はなかった。山田先生は昭和五七（一九八二）年二月六日、七三歳で昇天された。先生は東京文理科大学の出身でしたので私は先生の直接の後輩ではなかったが、偶然にもグリーンの人格実現説への共感者ということで指導を受けてきた。私は山田先生の遺志を受け継ぐ気持ちで日本道徳教育学会を発展させようと心に誓ったのであった。

私は昭和五〇（一九七五）年四月から岡山大学教育学部助教授として第一歩を踏み出した。いよいよこれから英米倫理学と道徳教育の研究という「二足のわらじを履く」ことになったが、これは私の強い自発的意志であった。これら二つは私にとっては矛盾するものではなくて一直線上を歩む両足のようなものであった。そのバランスは難しいものではなかった。それらは相互に補強する関係にあった。当時、私はJ・フレンケルの問いの一〇段階に着目し、この理論を道徳授業の指導過程に導入するならば、主体的思考から価値の実践への道は開けるという確信をもった。私はこの理論を教育学部の「道徳教育の研究」（必須科目）の授業に応用した。その実験的成果をもとにして日本教育大学研究促進委員会が企画した「大学における教科教育学の実践」の公募に私は応募した。その題目は「『道徳教育の研究』の授業改善と評価の方法」であった。この論文において私が「問いの戦略」の理論として検討したのはJack R. Fraenkel, *How to Teach about Value* (1977) であった。この外、私は以下の二冊の本をも参考にした。これらはG. Highet, *The Art of Teaching* (1950), K. E. Eble, *The Craft of Teaching* (1977) であった。私はこれら三著書を入念に読み、教えることの方法を実際の授業に応用し、評価の方法を考案した。詳細は私の論文が掲載されている日本教育大学協会研究促進委員会編『教科教育学研究』第2集（昭和六〇年）を参照されたい。この本が刊行された昭和六〇年、私は『価値選択の道徳教育』（以文社、一九八五年）を公刊した。本書は私が岡山大学教育学部に就任して以来「道徳教育の研究」の授業においてフレンケルの理論をどう生かすか、その問題点は何であるかについて考えてきたことの内容である。本書の第八章は「『価値葛藤の場』を生かす道徳授業」である。平野先生の「価値葛藤の場」を生かすためにはフレンケルの問いの一〇段階を授業に生かす必要があると考え、「価値葛藤」論をとり上げた。それは平野理論を授業において具体的に生かすためには問い方の理論を再検討する必要があると考えたからである。平野の理論は観念論的であり、資料の活用と自己の反省との関係を一〇段階の問いによって発展させる必要があると考えたからである。本書の第二部は「教育実習から学ぶもの—学生の今後の課題—」である。

私は平成一九（二〇〇七）年六月、日本道徳教育学会副会長に選出された。私はかねてから学会として学生・院生および小中学校の教員向けの道徳教育の入門書が必要であろうと考え、私が編集責任者となって企画することに着手した。このようにして日本道徳教育学会編『道徳教育入門』（教育開発研究所、平成二〇年）が刊行された。私は「あとがき」の中で「本書は平成二〇年六月二八日（土）、二九日（日）に岐阜大学教育学部において開催される本学会春季大会に刊行が間に合うことを目途として企画された。この日程に基づいて平成一九年一〇月二五日（火）に本書の趣意書、目次、執筆要領等を発送した。原稿の締切日は平成二〇年一月三一日とした。原稿は査読し、若干名の方には疑問点や不適切と思われる点を指摘し、一部修正をお願いした。」と述べている。本書は今も若い会員にとっては重要な入門書となっている。この頃私は『道徳教育の理論と実践』（教育開発研究所、平成二一年）を刊行した。本書は自己実現の理論によって道徳教育の基本的な内容を検討したものである。それは自己実現の自由と責任、人間関係のなかの自己実現と道徳的価値、人間の力を超えたものへの畏敬の念と生きる力、社会の一員としての自由と責任、道徳授業の改善と新しい研究動向から構成される。全体を一貫する考え方は自己実現の自由と責任である。道徳とは自己実現の過程である。人間は幼少期から少年期にかけ、さらに少年期から二〇歳前後にかけてよりよき自己を実現する強い欲求とこれを妨げる自己否定的感情との間を動揺する。ときには挫折し、失敗する。そして劣等感と羨望との矛盾に追い込まれる。この状況に立つ幼少年期や二〇歳前後の危機を救う考え方が自己実現の理論である。私はこれを求めて「グリーンにおける自我実現の研究」を志したのであった。

以上の二冊が公刊された後、私は広川正昭会員（日本道徳教育学会理事）から戦後道徳教育を築いた人々の功績を再評価する本の出版についての相談を受けた。私はその趣旨に賛同し、その企画を立案し、広川先生と協議した。広川先生の紹介によって教育出版の会社に先生と同行し、担当者と打ち合わせをした。出版社はわれわれの企画に意欲的であったので企画はわれわれの案でよいということになった。私は広川先生との相談により執筆者に打診したところすべて了承を得ることができた。執筆者は赤堀博行（国立教育政策研究所教育課程調査官）、板倉栄一郎（開志学園高等学校）、岩佐信道（麗澤大学）、押谷慶昭（元上越教育大学教授）、押谷由夫（昭和女子大学）、貝塚茂樹（武蔵野大学）、加藤一雄（元神奈川大学教授）、金井肇（元文部省教科調査官）、笹井和郎（日本大学）、七條正典（香川大学）、田井康雄（京都女子大学）、高島元洋（お茶の水女子大学）、竹内善一（元鳥取大学教授）、谷田増幸（兵庫教育大学）、田沼茂紀（國學院大學）、永田繁雄（東京学芸大学）、花澤秀文（元岡山県立西大寺高等学校教諭）、林泰成（上越教育大学）、広川正昭（前開志学園高等学校校長）、森岡卓也（大阪教育大学名誉教授）、行安茂（岡山大学名誉教授）、横山利弘（関西学院大学）、渡部武（元跡見学園女子大学教授）である。本のタイトルは『戦後道徳教育を築いた人々と21世紀の課題』（教育出版、二〇一二年）である。私と広川正昭とが編者である。本書は戦後の道徳教育を切り開いた天野貞祐、高山岩男、高坂正顕、山田孝雄、片山清一、勝部真長、霞信三郎、間瀬正次、平野武夫、宮田丈夫、杉谷雅文、森昭、竹ノ内一郎、山本政夫、戦前の廣池千九郎である。これらの中で特筆すべき人物は天野貞祐、高坂正顕、山田孝雄、平野武夫である。民間で最初の道徳教育研究会を立ち上げた人は平野武夫である。山田孝雄は日本道徳教育学会の最初からの開拓者であり、代表理事として方向づけた人物である。本書は戦後道徳教育を築き上げた人々の総集編として画期的仕事であったとわれわれ編集者は自負している。

私は単著として『道徳「特別教科化」の歴史的課題―近代日本の修身教育の展開と戦後の道徳教育―』（北樹出版、二〇一五）を刊行した。当時、平成一八（二〇〇六）年から「特別の教科　道徳」が小学校で実施されることになり、教科書も使用されることになった。戦時中およびそれ以前の小学校では国定教科書を使った修身科によって道徳教育（忠孝を中心とした道徳体系）が実施されていた。本書の第一部は「近代日本の修身教育と教育勅語―自由主義の導入と国家主義―」というタイトルによって教育勅語（明治二三年一〇月三〇日）はどのようにして成立したかを歴史的に検討したものである。修身科の内容は教育勅語において示されている忠義（天皇への忠誠）と孝行（親への孝行）とを中心とした例話から編成されていたから教育勅語の成立過程を知ることは不可欠である。本書の第二部は「戦後の道徳教育と『特別の教科　道徳』への展望と課題」というタイトルをつけ、修身科と戦後の「道徳の時間」とがどのように違うかという問題意識から修身科と「道徳の時間」とを比較し、後者の特色を明らかにしようとした。その際、道徳教育の四つの視点（主として自分自身に関すること、主として他人に関すること、生命の畏敬に関すること、集団や社会に関すること）をどのように関連づけるかという問題を自己実現と共通善との関係の理論から再検討した。その要点は他人の幸福を増進することはそれ自身自己自身の幸福を実現することであり、両者は一つの目的であって決して別々の二つの目的ではないということである。逆にいえば、真の自己実現（知性、欲求、意志を行為において統一すること）は他人が願望する幸福や善と全く同一であるということである。両者を別々に見るのは自己実現の根底において利己心が無意識的に働いているからである。これを冷静に反省し、真の自己実現への意志が自然に働くように自己の感情を冷静にコントロールすること（心と身体との同一化への努力）が人間の基本的課題である。この課題をデューイが主張した衝動と知性との同一性の理論から「アクティブ・ラーニング」を再検討したのが私の『アクティブ・ラーニングの理論と実践』（北樹出版、二〇一八）である。この理論は別名「試行錯誤」ともよばれる。人間は完全ではないから絶えず失敗する。失敗とは衝動と知性とのアンバランスである。両者は人間性において は自然の営みであるから絶えず同一性の表現へと促進される。これができるのは人間の心が身体の動作と一つになろうとする生命力があるからである。この同一性は心が呼吸と一つとなるように努力することによってのみ可能である。それは動静一如の状態であると考えることができる。

20　岡山県立金川高等学校校友会会長時代と岡山県高校再編の問題への対応

私は平成一一（一九九九）年八月八日（日）、岡山県立金川高等学校校友会の総会（於岡山市山佐本陣）において会長に選出された。前会長の安信治雄氏（高校第一六回）が同年四月、岡山県御津町長に当選したのでその後任として私が選出された。私は平成一一年か八月から同二二（二〇一〇）年八月まで一一年間校友会長として難題を解決した。この期間は金川高等学校の歴史的転換の時期であった。校友会がこの期間において取り組むべき大きな仕事は次の五つであった。

第一は岡山県立金川高等学校創立百二十周年記念事業である。

第二は岡山県教育委員会が平成一四（二〇〇二）年四月二六日に発表した岡山県立高校再編対象校としてあげられた「金川・福渡・弓削」の三校の再編に校友会はどう対応するかということである。第三は校友会を存続させるかどうかということである。第四は狭いグラウンドを来るべき再編に向けてどのようにして拡大するかということである。第五は福渡高等学校同窓会と金川高等学校同窓会との関係をどう考えるかということである。「岡山県立金川高等学校創立百二十周年記念」事業を推進するための責任者は次の四人に決定された。

式典部会長　　　　藤原健一（高2回）

『秀芳』部会長　　内田誠也（中43回）

『記念誌』部会長　行安　茂（中45回）

記念碑部会長　藤原武史（高10回）

式典は平成一六（二〇〇四）年一一月一一日、本校体育館において盛大に挙行された。とくに韓国から三名のOBが出席し、李炳夏氏（中39回）が代表して祝辞を述べた。台湾からも三人のOBが出席し、許善興氏（中35回）が代表して祝辞を述べた。夕方には懇親会が岡山市内のホテルで開催され、韓国、台湾のOB六名と校友会役員等約六〇名が出席した。

『秀芳』部会は『創立百二十周年記念秀芳』（編集は創立百二十周年記念秀芳委員会、平成一六年一一月一一日）を発行した。内容は『秀芳』第四号（明治三五年一二月）から四二号（昭和一八年一月）までの目次と部分的紹介である。もう一つの内容は昭和三二年一月発行から平成一六年七月発行までの『校友会報秀芳』の目次と主要な論説とから構成されている。総ページ数二六九頁である。一頁から六頁まではカラーフルな写真と浅野校長。景山前校長、行安校友会長、船守PTA会長、江田前PTA会長、創立者の日置健太郎のプロフィールが掲載されている。

記念誌部会は『岡山県立金川高等学校創立百二十周年記念誌』（平成一六年一一月一一日）を発行した。総ページ数は三五六頁である。祝辞は石井正弘岡山県知事、宮野正司岡山県教育委員会教育長、行安茂校友会長、船守公善PTA会長、浅野哲郎校長、景山勝夫前校長の言葉である。これらの外、歴代校長および台湾支部長（荘錫三）、韓国支部長（李炳夏）の祝辞が掲載されている。

本書は四部構成である。第一部は岡山県立金川高等学校の歴史と教育である。この中には「アインシュタインの相対性理論を否定した土井不曇とはどんな人であったか」について家族（三人）と行安茂とによる寄稿が含まれている。第二部は旧制中学校卒業生三八名の思い出の寄稿である。第三部は金川高等学校卒業生五八名の思い出の寄稿である。第四部は「現在の金川高等学校」について生徒数の推移、学校運営の組織、教育課程および生徒会・部活動・職員構成、年間行事、進路状況、学校生活等の紹介である。

第四部会においては二つの記念碑の建立が計画された。その一つは薬師院の境内に「岡山県立金川高等学校発祥の地」の記念碑を建立する件である。私は現住職の父上と昭和四〇年頃から河合栄治郎研究の関係で知己の間柄にあった。その縁から現在の松原住職と親しい間柄になり、今回の記念碑建立を境内の一角にお願いしたところ、快諾を得た。勿論、お布施は然るべく考えさせてもらった上でのことである。本書の表紙裏の写真がその記念碑である。明治一七年七月に開校した「私立岡山普通予備校」の場所は岡山市磨屋町の薬師院内であった。当時の境内は現在よりも広く、南に伸びており十一の寺院と山門・仁王門があったといわれる。明治一九年、「私立岡山普通予備校」は「私立普通学校」と改称される。この学校は「首座」とよばれた井上理一（一八四九―一九一八）によって運営されていたが、火災からその復興に至るまで経営に大変苦労が大きかったといわれている。岡山普通学校は明治三二（一八九九）年一月から「養忠学校」と改称され、校長は日置健太郎（一八五二―一九二二）であった。場所は薬師院から長延寺（下石井）へ移っていたが、新しく日置邸宅の敷地に移った。日置は池田章政侯、岡山中学校長の服部綾雄、上泉大工職人の協力を得て養忠学校を建築した。その場所は現岡山県立図書館の正門の近くであったといわれる。本書の表紙の次頁の写真はその地に建立された記念碑である。

第二の大きな問題は平成一四年四月二六日に岡山県教育委員会が発表した岡山県立高校再編対象

校としてあげられた二七校の中の「金川・福渡・弓削」の三校の今後にどう対応するかということである。問題の核心は福渡・金川の両校の中、どちらが拠点校として適当であるかということである。私は緊急の常任理事会を平成一四年七月一二日に開催し、署名運動を提案した。その案は次のとおりであった。

（1）母校を再編の拠点とするために卒業生全員に署名をしてもらう運動を起こし、締切は平成一五年一月三一日とする。

（2）御津町住民（二〇歳以上）に対して同様の署名を実施し、その締切は平成一四年一〇月三一日とする。

協議の結果、全員一致で承認された。署名は八一一六名であった。私はこれらの署名を三部の名簿にまとめ、安信治雄御津町長、江田智宏岡山県立金川高等学校ＰＴＡ会長、と共に県庁を訪れ、石井正弘岡山県知事、髙橋香代岡山県教育委員会教育委員長、宮野正司教育長、山田宗志岡山県岡山地方振興局長に提出した。以上の運動の効果があって平成一六年度に入ってから岡山県立金川高等学校に拠点校の看板が立てられ、同一七年四月から開校する新しい高等学校の諸準備が開始された。

第三の問題は校友会は存続すべきかどうかということであった。岡山県立金川高等学校は平成一七年四月から新しい高等学校がスタートするが、現金川高等学校の二年生、三年生が在籍しているので、平成一九年三月三一日を以て金川高等学校は閉校する。校友会はこの時を以て解散するのか、それとも存続するのか。私は常任理事会を召集し、この問題を協議してもらった。その結果、一人の常任理事は金川高等学校校友会は学校の閉校と共に消滅すると主張したが、他の全常任理事は校友会の存続を主張した。他方、県教育委員会から新しい校名の募集があり、校友会員は応募した結果、校名は「岡山県立岡山御津高等学校」と決定された。現金川高等学校校友会の常任理事会は平成一七年度以降「岡山御津高等学校校友会」として存続するか、解散するかを改めて協議し、採決した結果一人を除いて全常任理事は「存続」に賛成した。反対を主張した常任理事は岡山御津高等学校の卒業生が決定することであると主張し、私に手紙により私の見解を求めた。私は岡山御津高校の卒業生が校友会を設立するのは理論ではあるが、それは二〇年以上将来のことであり、この間は校友会不在であり、これは学校にとっても在校生にとっても大きな不利益であると答えた。しかし、私は平成一七年五月、岡山御津高等学校ＰＴＡ会長と話し、在校生から三年間にわたって交友会費の払い込みについての理解を求め、承諾を得る配慮をした。こうして金川高等学校校友会は岡山御津高等学校校友会として存続し、学校側と協力し、生徒の活動を支援している。

第四の問題は現グラウンドは狭隘であるが、その拡張はどのようにして可能であるかということである。校地に占めるグラウンドの比率が法規上合法的でないので、第二グラウンドを確保する必要があった。平成一七年四月以降、当時の景山勝夫校長が宇甘川から旭川に向けての堤防を歩き、調査した結果、第二グラウンドに適した農地（野菜畑）を発見し、この地権者が県側にこれらの土地を売却する意思があるかが問題であった。私がこの問題を初めて知ったのは平成一九年七月四日、校長室で開かれた「第二グラウンド取得に伴う校友会幹部会」のときであった。このとき地権者代表の高山寿男氏（高校第三回）から平成一九年四月二一日以来地権者六人の中で最も売却を拒否していたＭ氏との協議が不調に終わった説明を聞いた。Ｍ氏以外の五人の地権者は県側（財務課）が示す土地購入単価について了解済みであった。問題はいかにしてM氏が土地を県に売ることができるか、かれを説得する方法は何であるかということであった。M氏は自宅解体費として五〇〇万円を県側（財務課）に要望したが、県側はこの申し出を拒否したという。高山氏はある関係者から水面下で「地権者五人が校友会に然るべき金額を形式的に寄附することによって校友会からM氏にその金額を支払ってもらうようにしたらどうか」という示唆を受けた。高山氏はこの妙案をもって平成一九年一二月五日、M氏に会い、「校友会が然るべき金額を負担すれば、話に乗るのか（了解するのか）との問いに対し、M氏は『売る』と返事された確約を持って帰り、校長および事務長に報告した。」というのであった。平成二〇年五月一五日、高山氏が五人の地権者から集めた「然るべき金額」を校長と事務長とが持参し、M氏に渡した。県側はこうして六人の地権者から予定の土地を購入することができ、土地開発公社を通して第二グラウンドの着工に進んだ。学校側および校友会は改めて深甚の謝意を高山寿男地権者代表および五人の地権者に表したのであった。高山氏の人望と信頼によって結びついた関係者の知恵がこの難問を解決したのであるが、その背景には県側（財務課）の助言があったことを忘れてはならない。

第五の問題は金川高等学校校友会と福渡高等学校同窓会との統合の可能性をどう考えるかということである。この問題について私は福渡高校同窓会長の池口氏と電話（平成一七年一〇月一三日）し、同月二七日に「さんたけべ」で三役会議の約束をした。この日、福渡高校同窓会から会長の池口氏、副会長の大橋氏・浅野両氏が出席、金川高校校友会からは行安の外、副会長の藤原健一、藤原武史の三人が出席。意見交換をした後、福渡高校を視察する。平成一八年九月一九日、「さんたけべ」で福渡高校同窓会三役（池口、大橋、湯浅氏）と金川高校校友会三役（行安、藤原健一、藤原武史）

が会議する。同年一二月二〇日、金川高校で両校の同窓会・校友会の三役会議を開く。福渡高校同窓会の三役の間で意見が十分一致していない。いつまでに結論を出すのか不明。岡山御津高校校友会の予算規模（四八〇人の生徒から徴収する年会費）によって旧金川高校校友会の全員および福渡高校OB全員に役員会・総会等の案内状を送ることは財政上不可能であるとの見通しを説明し、福渡高校同窓会と岡山御津高校校友会との統合は不可能であることを指摘し、理解を得た。今後、両校の同窓会・校友会はそれぞれ別々に独自の道を進むことに合意した。

第二部

恩師の回想と感謝

1　津賀東小学校時代の二人の恩師　―黒瀬徹子と能勢輝夫―

私は岡山県御津郡津賀村（現吉備中央町）上加茂の津賀東小学校へ昭和一三（一九三八年）から同一九（一九四四）年まで在学した。昭和一六（一九四一）年から校名は津賀東國民学校と改称された。同年一二月八日は太平洋戦争が日本軍のハワイ真珠湾攻撃により始まった。これと共に学校教育は次第に勤労奉仕として出征軍人の家族の田植えの手伝いや木炭（炭俵）の運搬の作業に従事するようになった。小学校一年生から三年生までは比較的に落ち着いた学校生活を送っていたが、昭和一二（一九三七）年からはすでに日中戦争が始まっていたので、校庭は出征兵士を送る式が催され、一年生の担任であった黒瀬徹子先生がオルガンで「出征兵士を送る歌」を弾き、全校生徒が力強く歌った。

私たち一年生の担任は黒瀬先生であった。忘れもしない思い出は学芸会のとき先生の発案によって子どもの演劇が発表された。私は桃太郎、杉本重章君は殿様、山崎茂君は足柄山の金太郎、片山秀雄君は花咲か爺さんの役を指名され、その他の仲間はそれぞれの主役の部下として面白く演じた。主役の四人がクラスで勉強がよくできる児童と見られていたようであった。保護者は一年生から高等科二年までの学芸会の演劇を見るのが楽しみであった。

私は六年間を通してあまり勉強はよくできるほうではなかった。六年間を通してよくできた仲間は山崎茂君、片山秀雄君、杉本重章君、女子では片山淳子さんであった。私は昭和一五（一九四〇）

年、長兄が中国へ出征し、次兄は東京の第一銀行本店へ就職し、姉は岡山市内の岡山高等女子職業学校へ進学したので、家では農業の手伝いをすることが多くなり、予習、復習、宿題をほとんどしなかった。学力は次第に低下した。しかし六年生のとき、東京の次兄からたびたび手紙が来て、中学校へ進学するように激励してきた。私は兄を大変尊敬していたので、兄の助言には絶対服従していた。ただ私は学力の面では兄よりは劣っていたのでいつも劣等感をもっていた。私は四年生の頃から兄の助言と私の劣等感との矛盾に悩みながら、次第に行動も荒れていた。長兄（彼土志）、次兄（弘輝）、姉（晴子）は六年間および高等科二年間はすべて優等生（卒業のときはその賞状を受領）であり、級長（姉は副級長、男子の優秀な児童が級長）であった。私は三年生までは優等であったが、それ以後は優等賞をもらったことはなかった。ただ四年生のとき副級長、六年生のとき一回級長を命じられたことがあった。私は学力がすべての教科において優れているとは思わなかった。

小学校六年間を通して思い出があったのは一年生の担任の黒瀬徹子先生であった。私は先生から「桃太郎」の役を命じられ、犬、サル、キジの部下を連れ、鬼退治へ行くために家に残っている裃と刀を着用し、舞台へ上がったのは忘れられない思い出であった。先生の思い出は、私が昭和四七（一九七二）年四月四日、私がイギリス（オックスフォード大学）へ留学するとき、先生と夫の黒瀬陰男（加茂川町議会議長）氏とによって私の送別会を盛大に開催して下さったことである。出席者の大部分は町議会議員であった。一九七二年六月二〇日、黒瀬徹子先生は左のような手紙をオックスフォードの私の宿舎に送って下さった。

「先日は嬉しい御便りとてもうれしく拝受いたしました。この前、役場の前でお目にかかったのにもう遠くイギリスで勉強していられるのかと思いますと、本当に夢の様に思はれてなりません。私の小さい時は本でイギリスと読んでゐた位な事で余り関心をもたずに大きくなったものです。私が津賀でお世話になった関係で行安博士といふ偉大な学者が生まれた事をどんなにかよろこんでゐる事でせう、自分の子の様に嬉しくてなりません、どうか健康に気をつけて大いに研究して帰国して下さい、気候、風土が変れば身体にもさわる事です。そちらの様子を細々知らして下さいましてありがたう、あの顔で、あの口で・・・。上手に話していらしやる様子が目の前にうつる様です。御兄上様、母上様、どんなによろこんでいらっしゃるでせう。あなたはとても親孝行者です。母上様の期待をうらぎらない様、そして来年の五月には錦をかざって故郷へ帰られる事を楽しみにしてゐます。私しは友達にあなたの事をほこりに思って話してきかせてあげてゐます。するとまあ――感心してきいてくれます。今は加茂川も田植の最中です。返事おそくなりました。実はどんなにかくのだろうかと心配ばかりしてゐたものですから、又様子を楽しみにまってゐます。では元気で研究して下さい、さようなら。」

黒瀬徹子先生はこの手紙をオックスフォードの私の宿舎に送って下さったとき、六五歳前後であった。小学校一年生の私を思い出し て「わが子」のように思われていた記憶があったと見える。次に、私が国民学校五年生の担任であった青年教師（私より七歳先輩）が平成二四（二〇一二）年八月二九日付けの手紙を私に送ってきていたので紹介したい。この先生（能勢輝夫）はこのとき八八歳で肝性脳症の初期であったため、平成二四年春の叙勲で私が受章した「瑞宝中綬章」の祝賀会に欠席された。その返信は次のとおりであった。

「再度、繰り返しますが、此の度は大変お目出とうございました。この様な祝賀会に遙か遠き私（老人）をご招待戴き、尚欠席せざるを得なくしました私に透き通った長文、透明な人間像が拝見され、私自身をそして人生をふり返せられました。

又、くり返しまして恐縮ですが、現在、只今の私の病状はおしゃべりしたり、文字はまあ普通に書けますが、ウイルス肝炎約五〇年、もう硬変に到達、意欲全くなく、意志が働く段階を越え頭もその影響で肝性脳症の初期二回転倒、動きが殆ど止った様な体調です。出席できないのに、その会場に行ったような幻想を何度かもちました。もし出席することが出来て、一寸でもお話する機会が与えられましたならば、次の様な思い出、内容が浮びましたり消えたりしました。その時々に思いついた話の内容を書いて見ました。

行安さん（さんの呼び方がこの時一番適当かと）につきまして、私にもしお聞きになりたいとしましたら当時どんな姿の、顔は、性格は、勉強はと具体的な日常性をお話しすることではなかろうかと思いますが、今日は別のことを申上げます。

当時の私は教師本務の仕事よりもそこを単に通り過ぎるように自分自身の未来の大き過ぎる夢ばかりを追う悪い教師でありました。それにもかゝわらず、行安さんは私を高く評価してくださいます。なぜでしょう。私が上に立って生徒を見つめる導きよりも、わずか一〇歳五年生の行安さんの目の方が鋭く、広く、高かったのであろうと。

私の生徒への対し方の欠点『先生はこの時はこう生徒に言えばよいのにとか、その様な行動を示せばよいのに、或いはおこらないでもよいのに腹を立てゝ自己を失い、効果のないことをしている。

先生にはそれだけの能力なく、或は感情的な人だと、目の位置が高くない、生徒がどう思っているのかゞ分かっていない等。』

私は教師として落第で（多分）行安さんの見られ、感じられた、望まれた教師ではなかったはずです。彼は幼い乍ら大きなもの、包容力で、よく申せば、私の生れつきの生の人間を見られていたと思います。よく見えない生徒の内心を深くやさしく見る教師がこれからは生きて来るように思われます。

さて今回の長文のお手紙についてですが、私の性格の奥に在る『勇気ある決断』がしており——しばしばありました。』のところで思わず感に打たれ大きく教えられました。社交性を述べられましたが、私の考えますにはそれよりずっと強く人に好かれる味わい深い多くの色彩《しきさい》を持たれ、味気ない人とを別けているのでは。皆の内に他が楽しく感じる人物というより格調を持ち安心を与える人格を感じさせるのではないかと思います。

私を教師としてするどく感じられていたのは『私が影響を与えた』とのこと、これは私の自慢話になりますが、私がもしそうであったとしても、そこには感じるセンスを持つ人があってその人に影響するのではないでしょうか。更に文章を書かれる力は五年生の時から覚えています。表現力はその延長線上に在ると思います。

五年生のレベルは低いことは絶対にありません。余裕を感じていました。最上位の力を持たれていることも私には分かっていたのですが、五年生（二学期間）の時はやゝ心を荒れていて、本気でやるという気より反対のものを感じていました。三—四年生の女の先生に可愛がられ、五年で荒っぽい個性尊重のない私のせいかなとも思っていました。『吉田松陰』はほめすぎです。当時の私は生々しい動物に過ぎず、思想とか自分が何物であるか、全く不在でした。

お手紙の最後に『毎日毎日瞬間、瞬間――楽しい一日を――』が述べられ、深く感謝しております。

よくなる可能性が全くないわけではございません、画期的な薬（肝炎の）間もなく出るはず。また、お目にかゝれば私も輝きます。

八月二九日

能勢輝夫

行安茂様」

この手紙の中で「当時」とは昭和一七年四月から同一八年三月末の時期である。この頃能勢先生は一八歳であり、私は一一歳の五年生であった。能勢先生は円城村上田西（現吉備中央町）から津賀東國民学校へ自転車で通勤。代用教員であったため、昭和一八年四月からは岡山青年師範学校へ進学された。

2　旧制金川中学校・新制金川高等学校時代の二人の恩師　―津島環と角田敏郎―

旧制金川中学校時代の恩師の中で第一に忘れられない先生は校長の津島環先生である。津島校長は、すでに第一部で述べたように、昭和二三年一二月末、私が金川町の下宿を二回追い出され、寝る所のない放浪の身となっていたとき、小使室に宿泊してよい許可を与えて下さった恩師であった。それ以前は校長と話をしたことはほとんどなかったが下宿を追い出され、困っていたとき小使室に寝泊まりするアイディアが浮かび、校長室へ駆け込んだのが津島校長との最初の個人的出会いであった。無料での小使室の使用であるからこれ程ありがたいことはなかった。こうして私の自炊生活がスタートしたのであった。在学中は、角田敏郎（数学）、村島瀬助（英語）、江坂進（生物）、大西亮（数学）、佐藤鉄哉（国語）、青木安衛（図画）、成広清毅（化学）、新制高等学校校長の白髪丈雄、青木巍（漢文）、常原鱗太郎（漢文）等が思い出されるが、私がオックスフォード大学留学中、手紙を二回いただいたのは角田敏郎先生からであった。一九七二年九月八日に受け取った手紙は次のような内容であった。

「君の留守宅から数日前暑中見舞状が来て君のアドレスが解ったのでペンを執った。

ぐずついたじめじめした長い梅雨のあと台風が二つも相次いで九州西部を襲い、その名残の余風で当地方も可成り荒れもようになっていたが、たいした被害は無かった。その風の落ち着いた十数日前からさらっとした暑い暑い本格的な夏が訪れて、晴天が続いている。藺草《いぐさ》の刈取も済んで農繁期が終わったので、人々は例の如くそれぞれの儲け口へ忙しく散って行った。昔――と言っても終戦前までの――日本には盆とか正月とか祭とか花見時とか生活を楽しむ場があったのだが、今の農村にそんなゆとりは無い。金は溜るが、まるで追いかけられるような生活である。心の糧の無い所、個人も社会も荒廃は免がれまい。新聞の三面記事は――時には一面のトップ記事で――その心の荒廃を毎日のように伝えている。まるで泥川にゴミを捨てるように、生命が失われて行っている。人間はこの地上にたった一度しか生れて来ないのだ。生活を楽しむということ、それはセックスの放縦、レジャーの没頭――そんな意味でなしにすぐれた万葉歌人の抱いていたような、自分のまわりの人々や風土に対してゆったりとした、おおらかな愛を持って接していく――我が生活をそんな風に楽しんで行けたらとてもすばらしい人生だろうと私は思う。『今日ありし明日炉に投げ入れられる野の草をかく美しく装い給へば――。』（以下略）ここは異国、見られない景色、異人の群、聞きなれぬ言葉、神の無い者は虚無な孤独感に襲われる。沙漠を旅している者は涯しない砂漠を見つめている限り絶望に陥るが、空を仰げば、そこには日があり、月があり、美しい星があるのだ。空を見上げることに気が付かないばかりに力を無くしてしまう愚かな旅人も少なくないと思う。一九七二、八、二

角田敏郎

行安茂様」

角田先生は一九七二年八月二日、七五歳であった。自宅は総社市赤浜であった。京都帝国大学選科（経済学部）を修了後、岡山へ帰りキリスト教の信仰に入った後（昭和初期）、旧制金川中学校

の教師となった。私は先生から幾何学の授業を受けた。先生は岡山一中（現岡山朝日高校）を卒業後、上海（中国）の東亜同文書院に進学し、卒業後京都帝国大学に進学された。金川時代の先生のニックネームは「チャイナ」（China）とよばれ、不良の生徒を殴る先生として恐れられていた。私は学校の小使室で自炊しながら宿泊しており風呂にも入っていなかった。角田先生は私の首が汚れていたのを見て、金川町のある民家へ行って入浴するようにといって黒沢様を紹介して下さった。その後、先生は津賀村広面（現吉備中央町）の私の実家を他の用件のついでに突然訪問されたことがあり、祖母が対応したことがあった。角田先生は私にとって恩人であった。

3　岡山大学時代の三人の恩師　―虫明竑・小原美高・古屋野正伍―

私が岡山大学において指導を受けた先生は虫明竑助教授であった。先生は倫理学と道徳教育とを専門としていた。私の関心もこうした分野にあったのでいつしか先生に引きつけられた。先生は倫理学では、アリストテレス、スピノザ、グリーンに関心をもっておられた。とくに先生はグリーンの「自我実現説」に関心をもっていた。それは先生が東京高等師範学校研究科在学中、同校の友技高彦教授のグリーン研究から影響されたためかと思われる。先生は戦後の道徳教育に関心を持ち「道徳教育の二方法とその適用」について日本倫理学会において発表され、注目された。（日本倫理学会編『倫理学年報』第一集、昭和二七年）。先生は私および木原孝博の三人の共著『道徳教育の研究』（誠信書房、昭和四一年）を刊行し、学生に道徳教育への関心を高めた。虫明先生は晩年まで日本道徳教育学会に出席し、シンポジストや司会等をして若い研究者を啓発した。岡山大学在職中は県下の教員と共に道徳の副読本『道しるべ』（山陽図書出版株式会社）を刊行していた。先生は昭和四五年頃から『中学校　道徳』（山陽図書出版株式会社）を教師のために刊行していた。

虫明先生（一九一〇―一九八四）は岡山市一宮に生まれ、大正一三（一九二四）年、中山尋常高等小学校を卒業、優等賞を授けられる。大正一五（一九二六）年秋、岡山市西中山下の県立女子師範学校で小学校准教員の検定試験を受け、合格。昭和二（一九二七）年五月から平津小学校准訓導。昭和五（一九三〇）年山口県立師範学校本科第二部の入学試験に合格。昭和六（一九三一）年四月、山口県岩国尋常高等小学校訓導。昭和一五（一九四〇）年二月、東京高師研究科の入学試験に合格。同年秋高等学校修身（倫理学）教員検定試験を受け、合格。この間、先生は独学により入学試験や検定試験にチャレンジし、合格した立志伝中の人であった。先生が授業中「人生波動説」を唱えるのは以上のような人生を独自に開拓して来たからであった。小学校の教師経験の豊かな人が大学教授になった人は多くはいない。大学の教授で先生の講義が大変人気があったのは先生が小学校の教師をしてきたからであった。先生が岡山大学の厚生課長や学生部長に抜擢されたのは人望が厚いためであった。岡山大学を退職した後、昭和五九年に胃がんで逝去された。私は教え子に呼びかけて追悼集『虫明竌先生を偲んで』（西日本法規出版株式会社、昭和六〇年）を発行した。発起人は教え子一九人、執筆者はご子息、お孫さん、先生の四人の弟さん、日本道徳教育学会代表理事・片山清一、倉敷市立短期大学長・井上肇、友人の元有漢西小学校長・蛭田禎男である。

次に私が岡山大学在学中にお世話になった恩師は法文学部（哲学科）の小原美高先生である。私が先生から広島大学大学院への進学の道を開いていただいたことについては第一部の五章においてすでに述べたとおりである。さらに先生は松本良彦教授が岡山大学を停年退官されるとき、そのポストを使って私に法文学部哲学科の教員公募に応募するように勧めて下さったのも小原先生であった。その結果は先生の希望する方向に人事は進展しなかったが、私は小原先生の指導を通して山本空外先生（広島大学）から期待される研究者として評価されることになった。

小原美高（一九一二―一九九八）先生は岡山師範学校を卒業後数年間岡山市内の小学校に勤務した後、広島高師（教育科）に入学し、昭和一七年同校を卒業する。つづいて広島文理科大学（倫理学）に進学し、同一九年に同大学を卒業する。同年四月から島根師範学校に勤務した後岡山師範学校に移る。昭和二四年四月、岡山大学開学と共に、法文学部哲学科助教授として倫理学の授業（一般教養）を担当する。研究対象は主としてカントおよびヘーゲルであった。先生は一般教養の授業では阿部次郎の『倫理学の根本問題』をテキストに使用し、情熱と雄弁とによって鼓舞したので、教室は常に満席であった。先生は学者というよりは教育者であり、学生の相談に積極的であった。先生は五三歳のときから度々大病を患っていたと夫人は「会葬御礼とお詫び」の中で述べられている。五三歳のときは一九六五（昭和四〇）年であり、四年後は松本教授が退官される年であったので、小原先生は自分自身を含めての後任人事に心労が重なっていたのではないかと想像される。夫人の書面から察すると、岡山大学を退職（昭和四五―四六年頃か）された後、川崎医療短期大学学生部長に栄転されていた頃から動脈硬化が起こっていたと思われる。晩年は足が不自由で「一本足での死出の旅立ち」であったと夫人は語る。私は当時くらしき作陽大学に再就職した翌年であり、小原先生の訃報を全く知らず、告別式に参列できなかったことは、私の人生において最大の後悔であった。私が岡山大学在学中（昭和二七年―同二八年）もし小原先生の研究室を訪問し、大学院への進路についての相談をしていなかったならば、研究者としての道は開けていなかったであろう。小原先生は旧広島文理科大学教授であった山本幹夫（空外）先生を最も尊敬していた。小原先生は岡山大学在職中は哲学科の高山峻教授と親交があったように見えた。昭和四三年、松本教授退官後の教員公募の話が進んでいたとき、私は高山先生（岡山大学を退官され、名誉教授）から招かれ、先生の宅に行った記憶がある。高山先生は私の研究業績の中の『グリーンの倫理学』に注目し、評価して下さった。こうした縁から高山先生は私を岡山県立農業大学校の非常勤講師に推薦するから行ってくれないかといわれた。私は喜んでこれ受諾した記憶がある。私は小原先生の告別式が終わった後の六月初めの頃、小原美高先生の仏前参拝にお伺いし、先生のご冥福を祈った。その時夫人と話し、生前、この部屋で、人事の面接にどう対応するかについて故人とじっくり話したことを回想したのである。小原先生の学恩を忘れてはならない。これが私の心境である。

私が岡山大学在学中の三人目の恩師は古屋野正伍（一九一六―二〇一〇）先生である。私は昭和二五（一九五〇）年四月、岡山大学教育学部に入学した。その年の後期、私は、「社会科教育研究会」に谷本長（私より一年先輩）さんの紹介により入会した関係で同研究会の顧問であった古屋野先生との交流が始まった。昭和二六年前期から先生の「社会学要説」や「経済学要説」を受講した。とくに印象が残っていることは次の三点であった。

社会学の演習でR・ベネディクトの*Patterns of Culture* (1934) を英語で読んだことが鮮明に記憶

に残っている。三人が受講したが、英語の訳しにくい文章に直面した学生がいたので、私がその意味を別の英語で説明したところ、古屋野先生が私の英語力を社会科の諸先生に話したらしい。諸先生は私に注目するようになった。古屋野先生はベネディクトの『菊と刀』（一九四六）の訳本を学生に推薦し、読むようにいわれたこともあった。難解であったが、文化人類学の方法によって日本文化をよく理解していたことに驚いた記憶がある。古屋野先生が紹介した清水幾太郎の『社会的人間論』やE・フロムの『自由からの逃走』（一九四一）は先生が昭和二六年当時関心をもっていた本であった。先生は英会話がよくでき、われわれ社会科の学生を連れてミシガン大学日本研究所岡山ブランチ（岡山市南方）へ行き、メンデル氏（ミシガン大学大学院に博士論文を提出するため戦後日本人の政治意識の調査に来日していた若い研究員）の社会調査に協力するよう依頼されたことがあった。約一〇人の学生が予め抽出された岡山県下の農村の町村に出張し、住民から聞き取り調査を実施した。このとき初めてアメリカの社会科学の方法が社会調査を重要視していることを知った。これは三〇年後、私が岡山大学在職中、学校統合の調査委員長や社会教育の新しい施設の構想委員会（倉敷市）の委員長時代に大変役に立った。

古屋野先生は平成二二年六月三〇日九三歳で他界された。同年八月二一日（土）午前一〇時―一一時、南明山「東雲院」（倉敷市生坂）で四九日の法要が営まれた。ご子息の古屋野素材様から案内をいただいたので私は参列した。そのときご遺族から故人の『流水不絶』という遺書をいただいた。この中の『能楽エッセイ』を読んで私は先生が能楽の造詣が大変深いことを初めて知った。岡山大学在職中の若き古屋野先生からは「能」の話を聞いたことはなかった。先生はアメリカ社会学を研究されながら、なぜ「能」に関心をもったのだろうか。『流水不絶』は鴨長明の『文丈記』からとられていること（同書、一六二頁）を知ると共に先生が岡倉天心の著作（英文）を読んだことおよびミシガン大学に嘱託として招かれていた加藤周一との対談によって日本の古典を読むべきことを勧められたと先生は回想する。先生は東大の経済学部を卒業したが、「自分としては社会学か心理学か国文学を希望していたのですが、親が許してくれませんでした。」という（同書、五頁）。先生が能と出合った最初は東大を卒業後、日産自動車に入ったとき、上司（島村武久）が「能に熱心で、仲間十数人とともに二世梅若実の次男、梅若雅俊に師事するようになりました。」（同書五頁）という。

古屋野先生は二〇歳代前半に能に入っておられ、昭和二七年―二八年、アメリカのミシガン大学大学院に留学していたとき、加藤周一との出会いにより日本の古典を読むことの大切さに気づき、能を再評価するに至った。なお、先生は二〇〇六年の私への年賀状の中で、

　行く年や来るとしなみの音静か

と一句書いておられた。これは『流水不絶』の中の「自選俳句抄」に入っている（同書一六〇頁）。今回読み直し、昭和二六年代の先生の颯爽とした姿をなつかしく思い出した。

4　広島大学大学院時代の二人の恩師　―森滝市郎と山本幹夫（空外）

私が研究者としての道を方向づけた恩師は、すでに第一部において述べたように、森滝市郎教授と山本空外教授であった。森滝先生は私の博士論文の主査であり、山本先生は副査であった。森滝先生の恩師は広島高等師範学校教授の西晋一郎であった。森滝先生は昭和六年三月京都帝国大学大学院を修了し同年四月から広島高等師範学校へ着任する。西教授の推薦によったものと考えられる。森滝先生は西からイギリス倫理思想、特にシジウィックの功利主義の倫理学を勧められた。森滝先生はこの助言に従い、シジウィックの「実践理性の二元性」を明らかにするためにJ・バトラー（一八世紀のイギリスの思想家）を研究する。太平洋戦争中、学生の学徒動員先の三菱造船所の宿舎でバトラーの「一五の説教集」を毎夜日本語に訳していたという。先生は昭和二〇（一九四五）年八月六日の原爆投下によって右眼を失明し、戦後はその治療を受けながら、博士の学位論文を完成する。昭和二五年一一月二二日、学位論文「英国倫理の研究」を広島文理科大学に提出し、同二七年一二月一五日、広島文理科大学から学位を授与された。私が先生の自宅（広島市霞町）を訪問したのは昭和二八年一月であった。先生の発案により、昭和二八年四月からスタートした広島大学大学院文学研究科の倫理学の講座は「独逸倫理学」と「英国倫理学」との二講座から構成された。この原案の発想はすでに西晋一郎の学問体系の中に含まれていた。森滝先生はこの発想を具体化されたと私は見ている。

こうして私は森滝先生を指導教授として「英国倫理学」を専攻し、シジウィック倫理学の研究を修士課程のテーマとした。博士課程では、「T・H・グリーンにおける自我実現の研究」をテーマとした。テーマの変更については第一部においてすでに述べたのでここでは省略する。私にとっては当時「自我実現の基本構造」を明らかにすることが少年期より心に抱いていた問題であることを再発見し、これを学術的に再検討し、私の生き方の理論を体系化する必要があった。今思えば、カント、フィヒテ、ヘーゲルにおける自我の史的発展とその課題を検討すべきであったが、当時の私はこれに踏み込むだけの力量はなかった。それよりもグリーンの自我実現を徹底的に研究し、イギリス経験論をグリーンがなぜ批判したか、なぜグリーンが欲求を自我実現の体系の中に積極的に位置づけたかを明らかにすることによってカントが傾向性を理性に対立させる方向とは逆に理性と調和する方向に転換したことを明らかにした。私はこれを欲求の合理化と呼んだ。私は自我実現の理論はこの合理化によって諸衝動の対象を公共の善と結合し、この目的を自我の理想として実現することであると結論した。この理論は不登校、挫折、自殺等に追い込まれている青少年男女が新しく再生する生き方を示すものとして注目されなければならない。これが私の問題意識の根底にあった。

英米の倫理学研究は戦後の日本においてはドイツ観念論や実存主義の研究に比べ低調であった。広島大学大学院においてもそうであった。森滝先生は広島から平和の光を世界に照らすため原水爆禁止運動へと次第に身を投じられたが、私がオックスフォード大学へ留学するときはベイリオル・カレッジのC・ヒル学寮長に私を推薦する書面を書いて下さり、提出書類の中へ入れることができた。

森滝先生が九〇歳を迎えた平成三（一九九一）年七月二〇日私が編集者となって『森滝市郎先生の卒寿を記念して』（大学教育出版、一九九一年）を出版した。内容は森滝市郎夫妻、森滝先生のご家族・親族（一〇名）、森滝先生の教え子（二二名）、同僚・後輩（七名）、平和運動の関係者（六名）、私と妻の総勢四九名による寄稿であった。私は編集に当たって寄附金などを考えたが、執筆予定者の中には先生に対して多様な考え方があることを知り、私個人の資金によって出版することを決断した。森滝先生ご一家はいつしかこのことを知られ、長女（安子）から私たち二人のため多額の旅行券を送って下さった。森滝市先生が亡くなられたのは平成六（一九九四）年一月二五日であった。一月二七日に「ひろしま玉泉院」で営まれた密葬のとき、お別れに棺に近づいたとき、はっと気がついたことは私が編集した『森滝市郎先生の卒寿を記念して』が先生の胸の上に置かれていたことであった。生前、あの本を刊行しておいてよかったとつくづくと思った。森滝先生は私にとっては忘れてはならない恩師であった。広島大学大学院時代の恩師として忘れてはならないもう一人の先生は山本空外（一九〇二―二〇〇一）である。平成三〇（二〇一八）年に発行された『山本空外上人一七回忌追善特集号』（空外記念館、二〇一八）に寄稿を依頼されたので、それを左に紹介したい。

山本空外先生から学んだ学問と広島大学大学院

岡山県　行　安　茂

（一）

私が初めて山本空外先生のお名前を聞いたのは、岡山大学在学中(昭和25年－同29年)のときであった。先生の教え子であった小原美高先生(昭和19年3月、広島文理科大学哲学科倫理学卒業)が岡山大学で一般教養の倫理学の授業中のとき、私は初めて山本先生が若き日に「眼が見えなくなるほど勉強された」ことを聞いた。私は昭和29年2月、小原先生の推薦により広島大学大学院文学研究科倫理学専攻の入学試験を受けた。面接試験のとき、私は初めて山本先生の尊顔を拝することができた。第一印象は洋服を着用されていたが、住職のような教授であり、質問のされ方は丁寧であったことである。私は大学院には七年間(昭和29年4月－同36年3月)在籍し、山本先生の講義・演習を受講した。先生から学んだ最大の収穫は論文の書き方であった。私は夏休みや春休みの長期の休暇には毎年論文を二本を書き、9月および4月には山本先生にも提出し、修正やコメントをいただいた。先生はひらがなの使い方にも注意をされ、以後文章を書く上で大変役に立った。さらに、外国書(ドイツ語や英語)の読み方を先生から学んだ。それは何回も繰り返し読み、問題の用語がどのように使われているかを比較することによってその意味を正しく理解する方法である。そうすることによって専門用語の一つ一つに注意することによって一冊の本の全体像を正しく理解することができるようになった。

（二）

山本先生は大学院では「独逸倫理学」の講座を担当し、カント、ヘーゲル、新カント派、実存哲学(ハイデッガー、ヤスパース)等およびプラトン、アリストテレス、プローティーノスに至る哲学思想の発展について講義をされた。先生が指導した院生は第二期入学の定兼範明君(カント、道元)森岡卓也君(カント、プローティーノス)、谷　勝憲君(ヘーゲル)、第三期の黒田耕誠君(ヤスパース)、第四期の新本豊三君(ハイデッガー、道元)、脇坂真澄君(スピノザ、クザーヌス)等であった。これらの外第七期の田路慧君は終生山本先生の仏教研究から強い影響を受けていた。

山本先生の講義の中で最も印象深く残っているのは般若波羅蜜多心経をサンスクリットに基づいてその語源を文法的に説明されたことであった。先生は昭和30年10月15日、東北大学で開催された日本倫理学会において「無二的人間の形成－平和を約束するもの」と題した記念講演をされた。その内容は般若波羅蜜多心経をサンスクリットによって研究された成果であった。この学会には院生約10名も出席した。私もこの学会において修士課程在学中であったが、H・シジウィックの功利主義について研究発表をした。山本先生は昭和34年秋、日本倫理学会が広島大学文学部において開催されたとき、その大会運営委員長であった。前日には金子武蔵会長が山本先生の研究室を訪問され、挨拶をされたことを後日河野真助手から聞いた。金子教授は東大では山本先生より後輩であったが、山本先生に敬意を表しておられた。山本先生は日本倫理学会の評議員であり、総会後に撮影された写真を見ると最前列の中央の位置に立っておられた。先生は学会の重鎮であるように見えた。

（三）

私は大学院在学中は「英国倫理学」の講座を担当していた森滝市

郎先生が私の直接の指導教授であったが、山本先生は私に常に目を掛けてくださった。昭和36年2月頃、山本先生は私を京都女子高等学校への就任に推薦した。これより先、京都女子学園の今井秀一（西晋一郎の弟子）理事と山本先生との間で私の件について了解ができていたらしい。同年4月から同39年3月まで京都女子高等学校教諭として勤務した。ところが、昭和39年6月、私は私学研修福祉会の国内研修員として広島大学倫理学教室へ内地留学していたとき、大学院修士課程の同級生であった植山肇君（広島英数学館教務主任）と偶然学内で出会った。彼は私に「今、岡山市の半田山に岡山理科大学の新設が計画されており、その要員が求められているが、君を推薦したい。応募しないか。もしよろしければ、ここに関係書類があるので、記入の上至急加計学園法人課へ送ってくれ」というのである。私は快諾した。その書類の中に所属機関長の承諾印が必要であった。今井秀一理事におうかがいすると、「山本空外先生に相談して来い」といわれた。私は直ちに広島市庚午町にお住いの山本先生に面会し、事情を話したところ、「岡山理科大学への道が開けるように今井先生宛に一筆書く」といわれた。私は天にも昇る心地で書状をもって京都へ帰り、今井理事に差し出したところ、一読の後やっと私の「就任承諾書」に捺印してくださった。

（四）

山本空外先生への最大の感謝は私の博士論文を審査していただいたことであった。先生は講義中、しばしば論文を早く提出するようにいわれ、院生に激励された。私は昭和38年11月上旬、意を決して博士論文を広島大学大学院文学研究科に提出した。受理されたのは昭和39年1月27日であった。論文の口頭試問が実施されたのは昭和40年2月20日、午前11時、森滝市郎教授研究室においてであった。森滝教授、山本教授が試問されたが、内容は論文の評価と今後の研究課題についての要望とであった。その点で、山本先生は「この論文は君自身の考え方があまり出ていない。アリストテレス、カントをよく研究し、自我実現と比較し、自分の考えを出すようにしてみたら、よくなろう。大学院時代にあれだけ頑張ったのだから今後ともやれるに違いない。忙しいだろうが、是非やって学会のため、研究室のためにつくしてもらいたい。新制の学位は本格的研究へのスタートの意味を含んでいるから、この点をよく御了解し、責任をもってほしい。倫理学教室では君が最初であるから責任がある。今後しっかりやってもらいたい。」と講評された。

山本先生は年賀状、暑中見舞、贈物への返書ではいつも「将来の大成を祈る」と書かれていた。私は道半ばの途中にあるが、以下の三著を刊行することができた。『近代日本の思想家とイギリス理想主義』（２００７）、『イギリス理想主義の展開と河合栄治郎』（編、２０１４）、『道徳「特別教科化」の歴史的課題－近代日本の修身教育の展開と戦後の道徳教育－』（２０１５）

（五）

山本先生が逝去されたのは平成13年（２００１）年8月7日であった。告別式は法蓮寺（京都府相楽郡山城町上狛）でしめやかに営まれた。広島大学大学院の院生であった教え子の中で参列したのは、私以外に定兼範明君（第二期）、田路慧君（第七期）の三人のみであった。先生は享年100歳の天寿を全うされた。先生の個人的指導を受けたとき、心の中で念仏を唱えているような、かすかな声を聞くことがあった。先生にとっては南無阿弥陀仏の念仏、哲学、生活、書道は一つであった。これらについてまとめられた『無二的人間』（昭和59年）と『空外墨跡』（昭和60年）は先生のライフ・ワークであり、感慨無量であったに違いない。先生が天寿を全うされたのは念仏即生活、生命即念仏であったからであろうと考えられる。先生はこの信念から全国の寺院を廻って講演をするだけでなく、愛媛大学文理学部、岡山大学法文学部、京都仏教大学、山口大学文理学部において倫理学の集中講義をされ、福岡教育大学では書道特設科書論の集中講義をされた。

今年は山本空外上人十七回忌を迎える。先生を回想するとき、忘れられない私の印象がある。それは大学院入学試験のドイツ語の私の成績が全受験生(文学研究科、理学研究科、教育学研究科の受験生)の中で最もよくできていた(ドイツ語出題者の水野教授が山本・森滝両教授を訪問し、報告された由を私は森滝先生から聞いた)ためか、山本先生の私を見る目が他の院生に対してより別格のようであるという印象を受けたことである。山本先生はドイツ語がよくできる院生が博士の候補者であると考えているようにも私には感じられた。因みに、私はドイツ語の試験は完全に解答できたと自信をもっていた。私が倫理学教室の中で最初の博士の学位を授与されたのは、山本先生が私を入学以来ドイツ語のよくできる院生として評価していたからであろうと思われる。この意味において山本先生に対しては学恩の重みを深く感じてきた。先生の十七回忌を迎えるに当たり、改めて先生に感謝を捧げると共に御霊の安らかであらんことをお祈りする。

(岡山大学名誉教授)

第三部

家族の思い出と感謝

1　祖父の家系と祖母の思い出

行安家の祖先について私は『行安家一族の系譜―赤木家・草地家・河田家を含む―』（自費出版、二〇〇七年）を発行した。私は墓碑の文字とその主の没年とを調査し、祖母や母から毎年盆の墓参のとき聞いてきた先祖の由来を基礎として『系譜』（四〇頁）を作成し、関係の親族先（三〇人）に送った。祖父・行安滝平（一八七一―一九六〇）は婿養子である。祖母・行安近野（一八七九―一九七一）の兄が早世したために近野の父・行安勝次郎（一八四七―一九二一）が岡山県津高郡円城村（現吉備中央町）高富（柿山）の草地定五郎の末子（滝平）を婿養子にした。祖母は父親から行安家の先祖について聞かされていたようであった。漢字は読めなかったが昔のことをよく知っていた。墓碑の中で先祖墓は屋根の形式であり、中央部分は観音開きになっている墓石である。年号は享保一三（一七二八）年となっている。氏名は不詳であるが、祖母はそれを「がんとう」（民俗学では「らんとう」とよばれている）といっていた。この形式の墓碑が広面奥には三基残っている。祖母はこれら三つの墓の主は兄弟であったという。これらの中で二つの墓碑は形式と材質の点で全く同一であるが、残り一基は高さ約一・五メートルであり、材質も全く同一である。これらの墓碑が建立されたのは享保時代（一七一六―一七三五）である。吉備中央町（旧加茂川町）の中でこの形式の墓碑は極めて少ないと民俗学の研究者はいう。私が生まれた家は旧加茂川町の広面の山の中腹にあり、盆にはいつも墓参した。先祖の中で中興の祖とよばれた人は行安熊五郎であった。祖母の曾祖父であった。

　祖父の先祖は源頼光に由来している草地家の家系である。その中で「草地」の姓名が出てくるのは応永二四（一四一七）年である。戦国時代（天正三年）の一〇月、氏成が「柿山村に住ス」との記録がある。大坂夏の陣に昌成が行ったという記述もある。草地の系図を作成した人物は草地庄兵衛・源家成であり、その日付は延宝三年（一六七五）年三月五日となっている。清和天皇から草地庄兵衛・源家成までが詳しく記述されている系図である。延宝以後の記録は現存していない。草地家の墓碑は行安家の高い石碑の形式および年号（享保年間）の点で極めて類似している。草地家と行安家とは距離にして約一二キロメートル以上はあろうが、人の往来は古来あったものと考えられる。草地滝平は若いとき（明治二〇年代後半）は朝鮮の鉄道建設（釜山と京城との鉄道建設）の土木仕事に行っていたとよく話していた。兄二人姉二人の兄弟の末子であった。次男の兄は西南戦争で死亡したと伝えられている。行安家の婿養子に入ってから宇野線の建設作業を請負い、友人と建設資材を広面から大元駅現場へ車で運搬し、資材置場に置いていたところ、一夜にして盗み取られ、大失敗したという。以後、広面を中心として近隣の山の木を購入し、木炭を製造し、炭俵にして農協を通して出荷していた。時代は戦争の拡大により木炭の増産への需要が高まっていたときであった。私は晩年の祖父に「おじいさん、人生を振り返って印象に残っていることは何でしたか」と尋ねたところ、「面白いことばかりであった、ただ金が無いのに困った」といいながら、わらぞうりを作るのが毎日の楽しみであった。祖父の決断力とものごとを大局的に見る力は母（一人娘）に受け継がれていた。

祖母は一人娘であり、兄が早世したため祖父（草地滝平）を行安家の婿養子として迎えたが、行安家の籍には入らなかった。祖父が対外的には自由に事業をやりたいので経済的な迷惑を行安家にかけたくなかったらしい。さらに、大元駅建設の失敗もあって迷惑をかけたくなかったようであった。祖母から助けられた思い出がある。私が小学校五年生のとき友人と山の中腹から尻に木の枝と葉とを敷き、斜面をすべり落ちる遊びをしていたところ枯れ木の枝がふくらはぎの部分に突き刺さった。だんだんとはれ上がって歩くのが苦しくなり、ふくらはぎの中央の部分に青色の膿のようなものが見えてきた。医師に見せたら、切る手術をするのが怖いと思っていたので「切らずに治す方法はないか」と祖母に相談したとき、「一つある」という。それは梅を鍋の底に水と共に入れ、火によって熱し、ぐつぐつと煮るならば、底に沈殿する。タオルをこれに浸すことによって患部をシップしてゆけば膿はなくなるというのであった。その頃伊勢神宮への修学旅行が迫っていたので歩けるように治療しなければならないと思って毎日、朝、夕とシップを忍耐強くつづけたところ、青色の膿が小さくなっていった。自然治癒力によって患部は治ったのである。楽しみにしていた伊勢神宮への修学旅行に行くことができた。

2　父の婿養子と一人娘の母

私は『父の思い出―没後四一年記念』（平成二一年）を自費出版した。孝行息子のように見えるかもしれないが、父と私との間には一〇歳から二〇歳にかけて心の中で対立感情があった。私は少年時代から父への反抗と服従との矛盾から心の葛藤が起こっていた。それが何に起因するかはわからなかった。二人の兄や一人の姉は父から可愛がられているように見えた。私は幼少（三歳から四歳）の頃、母や祖母の農作業を妨害するなどのいたずらをしたために、倉の中へ入れられ、閉じ込められた記憶がある。旧制中学校に入学した時から小遣銭を貰った記憶はないが、授業料だけは出してくれていた。父は金銭の使い方にとくに口うるさく干渉した記憶がある。兄（次兄）や姉は中等学校に進学してからは小遣銭の支出をノートに書き、不足分を父に請求していたが、私は金銭感覚がルーズであると見られていた。

父は行安家の婿養子であった。父のもとの姓名は大地石太（一八九二―一九六八）であり、出身は岡山県御津郡円城村上田西（現吉備中央町上田西）である。父は大地健太郎（一八六六―一九四五）の三男であった。父が円城小学校四年のとき、校長は楢崎浅太郎（後年東京文理科大学教授、文学博士）であった。父はその頃親孝行であり、成績も優秀であったので桧垣直吉岡山県知事から賞品として硯を受賞した。母は行安滝平（一八七一―一九六〇）と行安近野（一八七九―一九七一）との間に生まれた一人娘であった。祖母は生来心臓病が悪く、母以外の子どもは生まれなかった。母（一九〇〇―一九八八）は大正六（一九一七）年、大地石太と結婚する。父は建築業兼農業を職業としていた。父は農繁期以外は村内外の民家・公会堂・学校・金川駅・井原警察署（現吉備中央町井原）等の建築に出かけていた。私が子どもの頃は住み込みの弟子が二人いた。田地子（岡山市北区建部町田地子）の民家建築のため一週間も宿泊して仕事中、私は生まれたと祖母や母から聞いたことがある。

父は行安家の養子になってから稲作の田地を買うことによって資産を貯えた中興の祖であった。それ以前の行安家は母の祖父（勝次郎）が知人からの依頼で「請け判」（保証人）をしたが知人が返済できず、勝次郎は田地を手放し、次第に貧しくなったといわれる。祖父（滝平）も事業に失敗し、借金が増え、一家は貧しくなったという。父は傾いた行安家を再建するために、銀行から資金を借り、田地を次々と購入し、稲作による米の生産量を増大した。昭和一〇年代は米の増産が奨励されたので、収入も増大した。父は田地を次々と購入したので、太平洋戦争中は一町三反（一・三ヘクタール）の田地を所有し、米を一〇〇俵以上を供出するに至った。そのため、次兄（弘輝）、長女（晴子）、私らが中等学校に進学することができた。父は「貯金するように」とよくいっていた。父は必要なときには金を出すが節約をし、無駄使いをしないように口うるさくいっていた。父から私が学んだことはこの蓄財の精神であった。私は大学時代には父から生活費をもらったことはなかった。奨学金とアルバイトで生活はした。大学院時代は授業料も父からもらったことはなかった。しかし、広島から京都へ就職のため引っ越すときは父から金を借りた。その後、岡山で現在の家を建築するときも建築費の三割を借金した。そして毎年少しずつ父に返済した。少年時代には反抗していたが、成人してからは父に世話になることがあった。

母は性格的には父と反対であった。父はすべてに細やかであり、小さなことによく気がつき、仕事も丁寧であった。母は常に大局から子どもの一人ひとりの成長を考え、行動する人であった。父も母もわれわれ子供に対しては勉強のことはほとんど何もいわなかった。私も進学について相談したことはなかった。すべては自分で考え、自分で行動し、結果を報告するだけであった。しかし、私が昭和二三年二月、旧制松江高校を受験するとき、母が近隣の知人からの紹介によって松江市の菓子屋に宿泊の連絡をとってくれたことがあった。その他、次兄の縁談を方向づけたのも、津賀村(私の生まれ故郷)の医師夫人との交流によるものであった。私が母から学んだものの中で武士の生き方が最も印象深く残っている。母は忠臣蔵の義士伝について農作業中によく私らに話したものである。察するに、母は一度決定したことはやり遂げる意志があったようにみえた。多くの人が母を「決断力のある女性である」と異口同音に評価するのは母のうちに武士道的生き方が秘められていたからであろうと思われる。私は小学生のときから母が仕事の合い間に語る義士伝の話を涙を流して聞いた。私は子どもの頃、悪童から侮辱を受けたとき、「将来、大人物になってこの恥辱を必ず返す」と誓ったのも母が話した義士伝のエピソードから影響されたためであろうと思っている。私が広島大学大学院のオーバードクター時代、郷土の学者・楢崎浅太郎博士(吉備中央町三納谷出身、近畿大学教授)に面会するように母から手紙が来たことがあった。それは昭和三五年一〇月八日付の手紙であった。私が就職しないで大学院に籍を置いていたからであった。

私は母が米寿を迎える一年前に、母が書いていた「我が生涯」(自分史)の原稿を盆のとき、見せてもらい、これを借りて帰った。私は兄弟に呼びかけて一冊の本を編集しようと決断した。第一部は母の自分史であって、それは次の一〇項目から成る。

一.小学校時代の想い出
二.高等科、裁縫科時代の思い出
三.結婚―大地石太の婿養子―

四．男子誕生―わが家に明るさをとりもどす―
五．昭和に入ってから―私の入院・照子の死
六．昭和九年の水害のころ―彼土志の就職・弘輝の進学―
七．戦中戦後のわが家―彼土志の結婚、弘輝・晴子の結婚等
八．孫たちの成長と四十田の植林など
九．主人、次第に衰弱する
十．最近の楽しみ

第二部は次の通りである。

一．母の思い出
（一）あの頃　行安彼土志
（二）私の姑《はは》　行安俊子
（三）母の想い出　太田弘輝
（四）おかあさんの想い出　太田貞子
（五）家族と私　荒木晴子
（六）母の想い出　行安　茂
（七）お母さまのこと　行安倭子
二．行安家のルーツを尋ねて―母の書いた「系図」を中心として―　行安　茂

母のこの自分史は私の責任において編集し、自費出版したものであり、親族や岡山県内の知人に配布した。ところが京都に在住の横山貞子さん（当時七〇歳代と推察される方）が大阪市内の古書店でこの本を見つけたといって私に手紙を送ってきた。勿論は私は横山さんを全く存じ上げなかったが、手紙によると本書がユニークな本であるので『思想の科学』（九、一九八九年）に紹介したいので了解を求めた文面であった。私はこれを承諾する手紙を送ったところ、『わが生涯』が紹介されている『思想の科学』が私に送られてきた。この雑誌は鶴見俊輔・鶴見和子らによって発行されていたが、横山さんもこれらの知識人と深い関係があったことを私は全く知らなかった。横山さんは庶民の自分史に関心があったようで、「この本には独特の語り口があって、今度読んだものの中で一番おもしろかった。」という。「この人は思いをのべない。心境をくわしく書きつづけることはまったくしない。出来ごとを淡々と思い出すままにそこに置く。この年は、私の記憶のなかにこう残っている、という書きかたである。・・・行安美船の文章は、近代、近世を越えて、中世の年代記につながる、雄勁な簡潔さをそなえている。一九世紀最後の年に生まれ、二十世紀の大半を生きてきたひとりの女の像を、自分自身の言葉で書きとめている。『わが生涯』は自分史ノートという発想の大きな成果である。」（『思想の科学』九、一九八九年、三七―三八頁）

母は岡山県吉備中央町大字広面という寒村に生まれ、農業に一筋に生きた女性であり、知識も教養も特別なかったにもかかわらず、横山貞子は母の文章を評価していることに私は驚いた。『わが生涯』がどうして大阪市の古本屋に出回っていたのか不思議であった。『わが生涯』を発行したのは昭和六二（一九八七）年四月であった。母が死亡したのは昭和六三（一九八八）年一二月七日未明であった。私は告別式を終えた後、一周忌法要に間に合わせるために『母の生涯を回想して』を発行したいと考え、平成元年七月末を〆切として兄や姉、甥、姪、孫、親族に原稿の執筆を依頼した。本書には故人と生前に交流のあった旧加茂川町（現吉備中央町）の内外の人々の手紙（一六通）を入れることにした。さらに生前の母が昭和八年から昭和六三年までにわれわれ兄弟や姉、義姉や私の妻、孫たちへの手紙四九通と母の句集（川柳）および告別式に参列した人々（お供えと弔電をいただいた方々）三八七名の氏名と所属とをあげさせてもらった。

3　兄（行安彼土志）の生涯と筆まめの才能

長兄・行安彼土志（一九一九―二〇一一）は私より一二歳上である。小学校入学前（昭和一二年六月二九日差出）の兄（牟佐郵便局）宛てに送ったハガキが残っている。方言の片仮名で書いており、氏名は漢字で書いている。兄は一四歳（小学校高等科卒業）で岡山市北区牟佐（当時は赤磐郡高月村牟佐）の郵便局へ就職した。兄は少年の頃から筆まめで、日記を書いたり、父母に手紙を書いたりしていた。（父母も兄に手紙をよく送っていた。私が小学三年生（昭和一五年）になった四月、兄は軍人として中国へ出征した。一家揃って記念写真を撮った。（次頁参照）

兄は昭和一八年七月、「召集解除」により日本へ帰る。同年一一月三日、結婚（円城村上田西の森山小糸が嫁ぐ）。媒酌は円城村の農業協同組合の理事長・沼本太平氏であった。昭和一九年四月二五日、兄は二度目の召集によりマニラ（フィリピン）に行く。アメリカ軍の空襲が激しく、終戦

昭和15年４月 行安家（旧津賀村大字広面）の庭で行安彼土志の出征軍人の送別記念
前列左から祖母行安近野、行安彼土志、行安茂（小学校３年）、姉行安晴子（高等女子職業学校３年生）
後列左から藪本政男（父の大工職人の弟子）、父行安石太、兄行安弘輝、祖父行安瀧治、
乗金いその（親族）、母行安美船

の日を知ることなく食糧を求めて山の中を歩き、一〇月二一日終戦を知ったという。昭和二〇年一一月一九日、帰国のためダバオ港を出帆し、二三日に浦賀港に着く。郷里に帰ったのは昭和二〇年一一月末であった。夕方、背中に大きな袋（フィリピンの麻で作ったバッグ）を背負って「今、帰った」といってわが家へたどり着いた。夕食中の家族は全員大喜びであった。とくに兄嫁（小糸、俊子）は心の中では感激であったに違いない。兄はマラリア熱が起こり、約二ヶ月間寝たきりの状態であったが、年末頃にはよくなり、正月の雑煮を家族一同と共に喜んで食べた笑顔が忘れられない。兄は一月下旬から建部（岡山市北区）の建部町郵便局に復職した。

兄は晩年、戦時中の手紙や記録、思い

出等を編集し関係者や知人に配布した。

『死の転進―豹兵団輜重兵第30聯隊の記録』（豹一二〇三二部隊戦記編集委員会、昭和六一年）

行安彼土志編『あしおと―昭和一四年の日記から―』

（丸善株式会社岡山支社サービスセンター、平成元年）

行安彼土志編『郷土を支えた人々―明治・大正時代―』（平成二年）

行安彼土志編『吉備の人々』（平成三年）

行安彼土志編『古老のはなし』（平成八年）

行安彼土志編『今はむかしの手紙』（平成八年）

行安彼土志編『昭和一四年代の追想』（平成九年）

行安彼土志編『述懐』（平成九年）

行安彼土志編『津賀郵便局舎を新築するまで』（平成一〇年）

行安彼土志編『吹きよせ―続―』（平成一一年）

行安彼土志編『一四才の門出』（平成一一年）

行安彼土志編『ひろも今昔物語―岡山県加茂川町広面―』（平成一七年）

以上はいずれも自費出版である。これらの中で兄のライフワークといってよい力作は『ひろも今昔物語』である。総ページ数は二五五頁である。よく資料を集め、整理した郷土史研究であり、どこへ出しても恥ずかしくない本である。兄は少年の頃から書くことが好きであったという。文字は大変上手である。兄は中国とフィリピンへ召集によって出征したが、上官から兄の才能が認められ、二回とも連隊本部付きの書記官のような身分で服務した。兄は身体は小柄であり、若いときは眼もよくなかったため甲種合格ではなかった。連隊本部付きであったため、最前線で敵と戦うことはなかったという。兄は字を書くことが好きで「芸は身を助けた」ため、無事外地から帰国することができた。父も母も筆まめであった。父の手紙を見ると達筆であった。母は手紙を細めに書く人であった。兄はこの点で父母の影響を受けていた。私が平成一六年八月の盆の墓参に郷土の広面へ行ったとき、兄は『ひろも今昔物語』の原稿を私に見せ、原稿を本にしたいが、タイトルに困っているが、どういうタイトルがよいだろうかと相談を受けた。私は原稿を見た後、「ひろも今昔物語」はどうだろうかといった。兄は私のアイディアをそのまま生かして自費出版した。上加茂や下加茂の知人から兄は大変ほめられたという。

私は昭和二九年四月、広島大学大学院へ行くとき、兄から一万円の祝いをもらった。当時としては大金であり、忘れられない思い出であった。兄は郷土や親族への思いやりの気持ちがあった。兄の晩年、私は「行安会」をつくり、一年に一回、岡山市のホテル等で会食をした。出席者は兄夫婦、太田弘輝（次兄）夫婦、荒木隆雄夫婦（姉夫婦）、行安良人（甥）夫婦、行安文憲（甥）夫婦、大江晴彦夫婦（姪夫婦）、私と妻の外、姪の村上真理子や原亀代子（姪）が出席することもあり、丹原節子（姪）や太田泰子（姪）も出席することがあった。兄は平成一九年三月一日、瑞宝双光章を受章した。兄はこれを大変喜んでいた。津賀東小学校高等科を卒業した後、一四歳で牟佐郵便局に就職し、以後、郵政の仕事一筋に生きた兄にとってはこの受章は感慨無量であったに違いない。兄の本の中で『あしおと—昭和一四年の日記から—』、『今はむかしの手紙』、『昭和一四年代の追想』、『一四才の門出』等の小冊子を書いたのは一四歳が兄の生涯の原点であったからである。平成一九年の「行安会」において兄の叙勲の祝いをしたのは、兄の心中を察したからであった。

4　次兄（太田弘輝）の若き日の進学意欲と私の進路指導

次兄・太田弘輝（一九二一—二〇一五）は昭和一五年三月、吉備商業学校を首席で卒業し、同年四月から第一銀行本店（東京）に就職した。この年には長兄（彼土志）は軍人として中国（北支）へ出征し、次兄は東京へ、姉（晴子）は岡山市の岡山高等女子職業学校へ進学した。私が一人家に残され、少し寂しい感じがした。次兄は第一銀行に入ってから学歴の不足を感じ、翌年の昭和一六年四月、中央大学専門部法学科に入学した。同年一二月八日日本は米英に宣戦を布告し、太平洋戦争に突入した。戦局は次第に激しくなり、大学生は学徒動員を命じられ、工場等に行って働かされるようになった。大学、専門学校、中等学校は繰り上げ卒業となった。兄が中央大学専門部法学科を昭和一八年九月に卒業したのは半年繰り上げ卒業となったためである。この頃、私は岡山県御津郡津賀東國民学校（昭和一六年四月から小学校は國民学校と改称）四年生であり、昭和一八年度は六年生であった。兄は自分自身中央大学専門部の二部（夜間）の学生であり、昼間は銀行員であった。兄は私に中学校に進学するように激励の手紙や入学試験問題（口頭試問の予想問題）を知らせてきた。戦時中の入学試験は口頭試問であった。兄は私に一中（現岡山朝日高校の前身）か二中

（現岡山操山高校の前身）を受験するように希望していた。私はこれらの名門中学校に入れる学力を持ってはいなかったが、六年生の二学期から受験のための補習授業を他の三人の仲間（男子二人、女子一人）と共に受けた。その内容は口頭試問に予想される日本史や時事問題であった。私は小学校四年生から少し荒れていたので、学習態度も悪く、家に帰る途中農業用の小屋にカバンを置き、農作業（麦刈り、田植え、稲刈り等）の手伝いを強制されていた。夕方、家に帰ると、風呂水を汲み、風呂焚きの仕事があった。夕食後は眠くて宿題、復習、予習をしたことはほとんどなかった。知識も不正確であり、理解も不十分であった。中学校に合格できる学力は誰が見ても十分ではなかった。兄の期待に応えられるようには見えなかった。予想どおり、一中か二中か忘れたが、不合格となり第二志望の旧制金川中学校に入学することになった。

兄が篠山航空通信聯隊に入隊し、甲種幹部候補生になった昭和一九年一二月三一日、母は私を連れて兄との面会に篠山に行ったことがある。その夜、宿泊する家（民泊）を見つけるのが大変であったことを憶えている。兄と会ったとき、昭和二〇年四月から仙台陸軍飛行学校へ入学する予定であることを聞いた記憶がある。同年八月一五日、終戦となったので外地へ出て行くこともなく無事に郷里に帰った。兄は広面の風神社へ参拝するのが常であった。兄は信心深いところがあった。長兄も無事フィリピンから帰国し風神社の加護によって生きたことを感謝していた。

私は昭和一九年四月から旧制金川中学校へ入学した。戦争末期であったので、勤労奉仕が多くなり、授業時数は少なくなった。その間私は次兄が吉備商業学校在学中、級長を三年間つづけ、首席で卒業したことを、父母から聞いていたので、同じレベルの私立の中等学校であったので、兄のように一生懸命に努力しようと固く決心した。とくに、終戦後（昭和二一年四月）、私は今まで自宅から金川まで徒歩で約四キロメートル、自転車で一二キロメートル、片道一六キロメートルの通学方法を中止し、金川町に下宿することを決心した。父はこれに反対であった。私は中学校二年生の三学期末、友人の紹介により下宿先のおばさんと直接交渉し、一ヶ月分の下宿代（米、一五キログラム）と私の一ヶ月分の米（一五キログラム）との条件で合意した。こうして昭和二一年四月から同二三年三月まで下宿することができた。勉強時間も十分確保することができ、学力も次第に向上することができるようになった。昭和二三年四月から同年一二月までは下宿先を二回変え、最後（同二四年一月―同年六月）には学校の小使室で寝泊まりし、自炊生活をした。私は三年生から四年（新制金川高校一年）まで級長に選出され、高校二年生から三年生にかけて約一年半生徒会会長に選出された。

兄は自分史『私の履歴書』（西日本法規出版、平成一二年）を出版した。本書を読むとき、兄の生涯は波瀾万丈であったことを改めて知ることができた。兄（次兄）も長兄と同様に文章を書くセンスをもっていた。次兄の文章の中でいつ読んでもほろりと感涙させるのは、私が編集した母の米寿記念誌『わが生涯』に寄稿した一文「母の想い出」である。その内容は津賀東尋常高等小学校卒業後、津賀郵便局に就職していたとき、病気療養中魚釣りに行っていたことが局長に知られ、翌日局長からひどく叱られたことから、中等学校に進学したい意欲が強く起こり、局長や家には内緒で吉備商業学校を受験した。受験後のことを少し長いが引用してみたい。

「私は試験を終了して校門でヒョッコリ出た処、母とバッタリ出くわしてびっくりした。それから事情を聞き不安におののき乍ら母と二人でトボトボと帰宅の途についた。その足の重い事と言ったら今も忘れられない。母も何か局長さまから小言を言われているのか、想像するところ可成り困っている様子がよく解る。無言の時間の方が多い道中であったが、バスの終点、大井から歩けば広面へつけば日も暮れた。この間、母と子が何を話したか記憶にない。

氏神様の前を通りすぎて石橋を渡った処で坂道にさしかかる。わが家の方を見上げてみたが、父の顔や家族の顔が浮かび、局長さまの顔も重なってくる。悪い事をした子羊が裁かれに引かれてゆく姿であったであろう。橋を渡った処の道端の堤に母と共に腰を下ろして一服した。折しもとても美しい月が氏神様の森の上に昇りかけていた。だまって眺めていると無性に何もかも厭になってきた。明日、局へ行けば以前にも増して叱られるだろう。帰宅すれば父に叱られる。入学試験の結果はもうどうでもよい。今朝まであんなに憧れた進学もすっかりさめてしまった。何かしら人生の行き詰まりを感じた。進退きわまった。もうどうなってもいい、生きてゆくことさえ嫌になった、とポツリと母にこの心の中を打ちあけてくづれてしまった。

幾何かすぎた。母は私にどんなに話したらよいのか言葉を選んでいたのかもしれない。一五歳になったばかりの年頃は感情の変化や心の浮き沈みがはげしく、時としてやけにはしゃぎ、有頂天になり、その上り下りが恐ろしい。暫くして母は、こんな事を言ってくれたと思う。『一五歳そここでこれからというときに将来に行き詰まりだとか生きるのが嫌になるとか、これはとてもとても危険な事である。早く何れかチャンときめて生きなければいけない。』この会話の直後、反射的に感じた事は若し今日の試験に合格したら或は進学を許してくれるのではないだろうかと。」(『わが

生涯』、八七―八八頁）

兄は心優しく、思いやりのある次男であった。兄はこの点において父（行安石太）によく似ていたとは兄の妻（貞子）や兄の娘・節子や泰子、さらに私の妻も異口同音に語る共通点であった。兄は昭和三五年七月、商工組合中央金庫浦和支店長代理として岡山支店長代理から転勤し、同三八年七月同金庫岡山支店次長として岡山へ帰った。兄が浦和支店長代理時代の昭和三七年八月二六日―三〇日の五日間、私は兄の家に宿泊した。兄は私の大学就職のため兄の知人を頼って数人の大学教授や大学の関係者、岡山県選出の衆議院議員の方々に面会する機会をつくり、同行した。兄は五日間商工中金の仕事があったはずであるにもかかわらず私を連れて浦和から東京へ出て、大学関係者に私を紹介したのであった。私はこのとき履歴書、研究業績のリストを持参していなかった。兄はこれらを持ってくるようには私に助言していなかったと記憶している。兄は大学の教員採用の事情についてはよく知っていなかったようであった。兄は軽い気持ちで私を関係先に紹介したい意向のようであった。この就職活動はすべて失敗に終わったが、大学への就職と一般企業へのそれとは全く違うことを改めて私は知った。そして兄に改めて感謝した。私は昭和三八年四月から一〇月まで日本私立学校振興・共済事業団の私学研修福祉会が募集する国内研修員に応募し広島大学大学院文学研究科の倫理学研究室に内地留学することができた。そして偶然であるが、修士課程時代の同級生であった植山肇君（広島英数学館の教務主任）に会った。かれの紹介により新設岡山理科大学の教員採用への応募をすすめられた。私は早速これに応募した。大学設審議会の教員審査にも合格し、私は同年四月から岡山理科大学専任講師兼学生課長として大学人の第一歩を踏み出したのであった。

兄の就職指導は決して無駄ではなかった。

私が兄の『私の履歴書』の中に「兄は私にとって大恩人」という一文を寄せたのは以上述べた背景があったからである。兄は人から好かれ、信頼される人であった。郷里では「弘ちゃん」と村の人々から呼ばれ、太田家の養子となってからは「太田さん」とよばれ、多くの友人や知人をもっていた。兄は努力家であった。兄は昭和三八年七月商工組合中央金庫岡山支店次長のとき、生涯現役の仕事を準備するため同金庫を退職した。機を見るに敏であった。その後、岡山市内の中島産業㈱常務取締役等の仕事をしながら昭和四三年一一月、太田経営相談所を開業する。同四四年社会保険労務士第一回国家試験に合格。兄はこのとき四七歳であった。兄はこの資格を看板として「社会保険労務士太田事務所」を立ち上げ、企業経営者の相談に応じ、必要な各種の書類の提出を代行した。その背景には商工中金在職時代に経験した中小企業の経営問題の知識があった。兄は吉備商業学校時代には簿記の科目が一番好きであったとよく話していた。この知識が兄の生涯現役として中小企業の経営を指導する基礎にあった。

5　姉（荒木晴子）の娘時代の手紙に見る弟思い

姉・荒木晴子（一九二四―二〇一六）は私より七歳年長であった。姉は昭和一四年三月津賀東尋常高等小学校を優等で卒業した後同校附設の津賀青年学校に進み、同一五年三月修了。同年四月、岡山高等女子職業学校三年次に編入。同一七年三月同校卒業後、四月から岡山県御津郡宇甘西村立承芳國民学校教員として就任。同一八年四月から岡山県御津郡津賀村立津賀南國民学校に転勤。昭和二一年一月、同校退職（結婚のため）。

姉は昭和一五年四月から岡山市北区北方四日市町の高田六太様（遠縁の親族先）へ下宿し、三番町の岡山高等女子職業学校へ通学するようになる。三年次への編入学後、姉は次のような手紙を三年生の私に送ってきた。

「茂ちゃん、元気でべんきょうしてゐるでせうね、姉さんも元気でべんきょうしています。

兎の子はおおきくなってゐますか、学校からかへってべんきょうがすんだらタンポポでも何でもよいから取ってきてしっかりかいなさいよ、大きくじょうぶにそだてたら一二月には売れるでせうから、そのときは少しはお金をいただいて貯金しなさいよ、学校からかえったら今までのやうにすぐ遊びに行かないで、少なくても二時間ぐらいは勉強しなければいけません。昼できなかったら夜でも一時間ぐらいはどうしてもしなければいけませんよ、上の学校にはいるのにせいせきが悪かったら、試験にこせふぞな、しっかり勉強しなさい。又、家の手伝いもしなければいけません、偉い陸軍大将でも総理大臣でも小さい時はよく家の事をせられたのですから小さい時は誰も同じですから茂ちゃんでもきっと出来ますね、でもいくらこんなことを言っても体が弱かったらいけませんから体はしっかりと丈夫にして下さい。早寝、早起き、これは茂ちゃんのおとくいでしたからうんとつづけて下さい。それから毎日歯をみがいて下さい。よい所はどこまでもつづけ悪いところはすぐになおすのが人間のえらいところです。まだいいたいことがありますが一ぺんに言っても守れないから、つまり、兎を飼うこと、勉強すること、家の手伝いをすること、体を丈夫にすること、これだけ守れたらけっこうです。やはり島田先生ですか、大勢の新しい先生が来られた事でせう。あ、それから茂ちゃんはよく学校で使うものをわすれるからよく気をつけて、どうしても、きっとわすれないようにするんですよ、これだけは固く言って置きます。くせになるから。では又、こんご　さようなら　姉より」

昭和一六年九月一日の手紙には次のように書いてある。これは八月の夏休みに私が岡山市北方四日市町の高田様の一典君（私より一級上の友人）と遊んだ後、姉が足守駅まで送ってくれたとき、私が無事広面へバスで帰ったかどうかを案じた手紙である。

「茂ちゃん、無事に帰ったでしょうね。岩目のトッちゃん、テルちゃん等おられたから、ほっといたけれど、自動車に乗って言っておくのを忘れたけれど、あの助手にお金は払ったのよ、払へといっても一文なしだけれどね。大井からあなたに何も言わなかったかしら――暇のとき又知らせてね、私はあれから十時十九分足守駅発で帰りました。」「茂ちゃんが教えた草履が今、大流行で一ちゃんも三恵ちゃんも作っております。茂ちゃん綴り方を書いたでせうね、二学期は気候もよく、一番よく勉強のしやすい時期ですからね、しっかり勉強しなさいよ、姉だって今度は平均点九十点以上にするつもりですよ、又競争しませう。もし、茂ちゃんが負けたら冬休みに帰ってどんなお目玉が行くか、また、姉さんが負けたら茂ちゃんはどんなお目玉でも下さい。お祖父さんの目はいかがですか、お祖母さんもお元気でせう。

昨日、戦地の兄さんへ手紙を出しました。茂ちゃん、勉強をわすれないように又、お手伝いを忘れないように。」（行安彼土志編『今はむかしの手紙』平成八年三月二〇日）

姉の手紙は昭和一六年九月に書いたものと推測される。同年八月の夏休みに私は姉が下宿していた高田六太様（岡山市北方四日市町）へ遊びに行き、一級上の一典君や隣の家の三恵ちゃん（二級上の女児）らと遊んだ。そのとき、私が二人にわら草履の作り方を教えたらしい。昭和一六年の一学期、津賀東國民学校ではわら草履を作ることがすすめられ、廊下でみんな並んで草履を作っていたのを憶えている。姉が「茂ちゃん綴り方を書いたでせうね」と書いているが、私は綴り方を書くのが一番苦手であった。算数も得手ではなかった。その上、四年生（昭和一六年）当時私は性格が荒れており、授業態度もよくなかった。姉と勉強のことで競争する気は全然なかった。私はその頃はよくない少年であった。私にはコンプレックスがあったと思っている。

6　四畳半の新婚生活と貧乏院生

私は昭和三四（一九五九）年四月五日河田倭子と岡山で結婚した。私は二七歳であった。妻は二四歳であった。私はそのとき大学院の博士課程の単位取得が完了する年であった。妻は岡山市内の高山産業というプロパンガス会社の事務員であった。私たちは結婚し、新婚旅行はしたが、帰ってから私は広島へ行き大学院に在籍する身分であった。妻は都合により岡山市で同じ会社で働いた。別居生活がスタートし、昭和三五年一月末まで続いた。この間私は昼間は森滝先生や山本先生の演習に出席し、倫理学研究室の諸行事にも参加した。妻は妹が岡山県の保育専門学校に通学していたこともあって二人は岡山市内に同居していた。妻の父は神戸で警察官の職務についていたが、昭和一六年六月盲腸炎のため急逝した。母は一年生の倭子と二歳の妹を連れて父の故郷の岡山県御津郡津賀村（現吉備中央町）広面に帰った。倭子は同年九月から津賀東國民学校の一年生に転校した。当時、家には祖父・河田藤太郎（六二歳）、祖母・河田佐保（五七歳）が農業に従事していた。昭和一七（一九四二）年には妻の弟が誕生し、母・須磨子は三人の子育てに忙しい毎日であった。妻の家は日用雑貨商品店を経営しており、中鉄バスの切符やタバコも売っていた。妻は中学校以後は祖父を助けるため商品の仕入れ等に祖父と共に岡山市に行くことが多かったという。妻は妹の高校や保育専門学校の授業料等を自分の給料から母に代わって支払ってやっていたという。

さて昭和三五年四月以降、私は妻を広島へ呼び、家族生活を送らなければならないと考えたが、妻が働く場所を探すのは至難の業であった。私は昭和二九（一九五四）年四月から同三四（一九五九）年三月までは日本育英会の奨学金月六〇〇〇円が支給され、家庭教師月三〇〇〇円の合計九〇〇〇円で何とか生活は維持されていたが、昭和三四年四月以後は奨学金は支給されなくなった。その代わりとして幸いに広島市郊外の祇園女子高等学校の非常勤講師（週二回）として月六〇〇〇円の給与が支給されることになった。昭和三四年一二月ごろであったと記憶するが、広島市大手町教会の河村政任長老から突然妻の就職についての話があり、「広島集団検診協会の事務員として働いてもらえないか」という情報提供があった。私は妻の就職について河村長老に依頼した記憶はないが、私がオーバードクターであり、無職であることや妻と別居生活していることを話したかも知れない。私は早速と妻に手紙を書き、来年一月から広島へ来ないかと打診したところ広島集団検診協会に勤務してよいという返事が来た。妻は昭和三五年一月三一日に広島へ来ることになった。同年二月一日、私は妻を連れて河村長老の自宅を訪問し、挨拶をした。妻は初対面であり、私も長老と心を開いて話をしたのは初めてであった。当時長老は七〇歳過ぎに見え、夫人は白髪に見えたが、同じくらいの年齢のように見えた。広島集団検診協会はご子息（医師）が経営する一種の病院であり、広島県下の企業に出かけ、従業員の健康診断をする団体であった。妻は昭和三五年二月二日からそこの事務員として働き、給与は一万円前後であった。私は広島市東千代田町のある民家の二階一間（四畳半）を借りて新婚生活を始めた。一階に調理台があって朝夕の調理をここで作り、二階へ運んで上がり、狭い部屋で朝食・夕食を共にした。妻は大変幸せの表情に見え、生き生きとしていた。昭和三六年四月から、私はすでに述べたように七年間の大学院生活に別れを告げ、いろいろと考えた末、山本空外先生の推薦により、京都女子高等学校教諭として勤務することになった。京都市南区中札の辻町の民家の二階の八畳の一部屋を借りて生活をするようになった。広島市の借家と同じく調理は一階の調理台で用意し、二階へ運んで朝夕の食事を楽しく共にした。私は三〇歳、妻は二七歳であった。初任給は意外と安く昭和三六年四月の給与は一万四〇〇〇円ぐらいであった。これでは二人の生活がやっとできる程度であり、私の学会出張も書籍の購入も不可能であった。事務局の経理課長の説明によれば、私の給与の算定基礎は修士課程の二年間までであるとのことであった。残り五年間は考慮されない規定であるとのことであった。京都女子高等学校の生徒数は当時約四五〇〇人で授業料も多く入っていた。職員組合運動が活発であり、書記長がたびたび私に入会を勧誘してきたが、在職中私は入会しなかった。

妻も家計のやりくりには大変であったと思うが、愚痴は一言もいわなかった。妻は京都の料理学校に通学するのを楽しんだり、家主の奥さんと京都の伝統的祭り等を共に楽しんでいるようであった。私は京女在職中は博士論文を必ず完成するという信念をもって毎日の時間を効果的合理的に活用することの工夫を心掛けた。これは無理をして急いで書き上げる生き方ではなかった。急いで書き上げることは胃腸のストレスを起こし病気の原因になることはすでに知っていたからである。

妻は、すでに述べたように、幼少にして父を亡くし、次第に生家を支える中心として娘時代を生きていたので、貧しさに耐える力と生来の楽天的明るさとをもっていた。とくに、妻は会計に明るかったので、私の少ない給料の中から貯金をし、必要なときに支出できるようにしていた。この点について三つのことが思い出される。その一つは岡山理科大学在職中(昭和三九年四月―同五〇年三月)の昭和四七年五月一日から翌年の四月三〇日までオックスフォード大学に留学する時の資金のことである。この留学は日本私立学校振興・共済事業団の私学研修福祉会の在外研修助成金によるものであって一年間一〇〇万円が支給されることになっていた。ところがこの助成金は同年八月に支給されるという連絡があり、同年五月の出発には間に合わなかった。そこで妻と相談し、妻が貯金していた住友銀行岡山支店に行き、この貯金約一五〇万円を担保にして一四〇万円を借金し、これによって渡英の航空運賃(往復)を支払い、残金をドルの小切手として持参した。私たち貧乏人にとってはこの一四〇万円は大金であったが、妻が毎月少しずつ貯金したお陰であった。私はこの金を住友銀行岡山支店から借りたときは本当に一大決断であった。これでオックスフォード大学へ留学することができた。この経験は私の人生が一大転換する契機になるかもしれないと私は予想していた。そして改めて妻に感謝したのであった。

もう一つ妻に感謝すべきことがあった。それは私のオックスフォード大学に留学中、以前から親交を深めていた南イリノイ大学のS・M・エイムズ教授夫妻と娘とが岡山を訪問したとき、妻は私の一ヶ月分の給料約四万五千円を妻の従兄弟（山口大学の学生）に渡し、京都や広島へエイムズ一家の観光旅行の案内に使ってもらったということであった。本来ならば私はエイムズ教授の講演を岡山理科大学で開催する予定であったが、私のオックスフォード大学への留学の在外研修は昭和四七年三月ごろすでに許可されており、エイムズ教授も同年四月ごろの私への手紙で六月中旬に岡山訪問を決定し、「ホテル・ニュー岡山」への宿泊を予約していた。私は五月一日、岡山を出発し、羽田空港から日本航空で出発する予約をしていた。妻には私はただただエイムズ教授一家を手厚く歓迎するように頼んでいただけで、あわただしく五月一日、岡山駅を出発した。一九七二年六月二〇日（火）に妻から来た手紙を読んだ私は『日記』につぎのように書いている。

「今日の手紙（倭子、博子、茂樹）はアメリカの南イリノイ大学のエイムズ教授との会見報告が中心で大変よい会見だったそうだ。エイムズ教授夫妻はとてもよい人柄で、心あたたかい印象を受けた、と倭子が何度も書いてあった。子供たちもミス・アンがいたので楽しかったらしい。子供たちはミニカーや財布をもらって大喜びであった由。予定どおり一一日に全日空で来岡され、一三日には京都見物（秀輝君の案内で）をされ、一四日の夜は倭子、子供ら三人、石田照子さん、秀輝君、太田兄、泰子ちゃん、らを交えてエイムズ教授夫妻、アンのお別れパーティが開かれた由。一二日の夜は倭子、太田兄、泰子ちゃん、秀輝君で歓迎の会食をされた由。帰りには岡山空港まで、倭子、秀輝、政樹の三人が見送りに行ったそうである。エイムズ教授夫妻は何度も手を振って別れを惜しまれたという。大成功と私は思っている。よかった。涙が出るほど嬉しい。手紙を読んで胸が熱くなるのを感じた。どうしてかわからない。今、オックスフォードにおいて同じように歓迎されるのがとても嬉しいからであろうか。外国の知人はもっておくものだし、手厚くもてなしておくに限る、と私はいつも考えている。」（行安茂『イギリス・アメリカ滞在日記』、五二頁）

妻に感謝すべきことがもう一つあった。私は渡英する以前の昭和四一年にマイホームを建築した。実はすでに述べたように、私は昭和三九年四月から新設岡山理科大学の専任講師兼学生課長として就任した。折柄学生運動が次第に過激となる兆候が見えており、その対策に心労が重なり、原因不明の頭痛がつづいたので、二年後の昭和四一年三月、加計勉理事長に学生課長の職を辞任したい意向を伝えたところ了承されたので、四月から授業のみに専念することができた。頭痛は岡山市の中央レントゲン診療所で診断してもらったところ何も異常はないとの結果が出た。私は四月から授業のない日を使ってマイホームを建築することに決心した。私は京都から岡山へ帰り、市内で民家の間借りからアパートへ引っ越すなど借家生活をしていた。マイホームは定年後でよいと考えていた。ところが、加計勉学長と学生募集、学生寮の建設、学友会の設立問題、さらに学生の就職等を話していたとき、学長が次々と学舎を半田山の中腹に建築する計画を立てており、すでに専門学舎の建築に昭和四〇年度から着手していた。これを見た私は若いときにマイホームを建築しようと決断した。

この資金は土地代が二三万円（一五〇坪）、家屋の建築代金二一〇万円の合計二三三万円であった。土地代の二三万円は私が大学院の博士課程の三年次生のとき、山口県岩国市の帝国人造絹糸株式会社研究所の帆高寿夫次長の依頼によりデービッド・ベンデル・ヘルツ博士の *The Theory and*

Practice of Industrial Research を日本語に訳した仕事のアルバイト料（一五万円）を定期預金にし、毎月の奨学金の中から一〇〇〇円を預金することによって蓄財した大切な金であった。なお、右の訳本は『研究管理の理論と実践』（岩国帝国人造絹糸株式会社研究所、一九五九年五月一日）と題して発行された。訳本は三七九頁に及ぶものであった。本書の著者D・B・ヘルツ博士はコロンビヤ大学の助教授であった。

マイホームを建築するための土地代は私の定期預金を全額引き出して使った。昭和四一年当時の岡山市牟佐の土地代は地主との交渉で一五〇坪が二三万円であった。しかし、私の購入決断が一日遅かったため他人の手に渡る約束を地主がしていたため、農業委員の立ち会いによってこの土地を取り戻すために三万円を先方に渡すことで合意ができた。三万円は私の一ヶ月の給料に等しい額であった。問題は建築費二一〇万円をどのようにして捻出するかということであった。三つの方法が考えられた。第一は住宅金融公庫から約七〇万円を借りることであり、第二は父から約七〇万円を借りることであり、第三は妻が貯金してきた約七〇万円を引き出すことであった。住金からの借金の申請には確か二人の保証人が必要であった。長兄の行安彼土志（岡山県建部郵便局長）と次兄の太田弘輝（岡山市中島産業㈱常務取締役）にお願いし、捺印をしてもらった。父には毎年のボーナスから一〇万円を返済した。父は昭和四三年一一月に死亡したので、その後は母に毎年一〇万円を返済した。妻は私が昭和三九年四月以後岡山理科大学から毎月支給されていた約三万円の給与の中から貯金をしていた。その中から七〇万円を建築資金に使った。妻の経済観念がなかったならばマイホームを建築することはできなかったであろうと改めて感謝したのであった。

略年譜および主要著書

Ⅰ　学歴および職歴

昭和　六年四月二〇日　岡山県御津郡（現加賀部）津賀村（現吉備中央町）大字広面一六三二番地に生まれる
一九年三月　岡山県御津郡津賀東國民学校初等科卒業
二四年三月　岡山県金川中学校卒業
二四年六月　岡山青年師範学校二年次編入学
二五年四月　岡山大学教育学部入学
二九年三月　同卒業
三一年三月　広島大学大学院文学研究科倫理学専攻修士課程卒業　文学修士
三四年三月　広島大学大学院文学研究科倫理学専攻博士課程単位取得
三四年四月　同課程在籍延長
三六年三月　同課程修了
三六年四月　京都女子高等学校教諭
三八年四月　財団法人私学研修福祉会国内研修員として広島大学文学部倫理学教室へ内地留学（同三八年一〇月三一日まで）

三九年四月　岡山理科大学専任講師（学生課長併任）
四〇年二月二二日　文学博士（広島大学第五六号）
四〇年四月　岡山理科大学助教授（学生課長併任）
四四年四月　同教授（学生課長兼厚生課長併任）
四七年五月一日　財団法人私学研修福祉会在外研修員としてオックスフォード大学（ベイリオル・カレッジ）に留学（同四八年四月三〇日まで）
四八年四月一八日〜四月二五日　南イリノイ大学（アメリカ）で講義
四九年四月　岡山理科大学学生部長併任
四九年四月　岡山大学非常勤講師（同五〇年三月三一日まで）
五〇年四月　岡山大学助教授（教育学部）
五五年四月　岡山大学教育学部教授に昇任
五七年一月　岡山大学大学院教育学研究科社会科教育専攻倫理学特論、同演習、教授㊎
（大学院設置審議会審査）
六三年四月　岡山大学教育学部附属教育実習研究指導センター長併任（平成四年三月まで）
七月　広島大学文学部非常勤講師
平成二年一一月三〇日　財団法人日本教育研究連合会表彰（「道徳教育の実践指導」）
四年四月　岡山大学教育学部附属小学校長併任（平成七年三月まで）
七年七月　熊本大学文学部非常勤講師

八年一一月一日　岡山県教育委員会表彰（「岡山県社会教育の振興」）
九年三月　岡山大学停年退官
九年四月一日　岡山大学名誉教授
九年四月　くらしき作陽大学教授（平成一四年三月まで）
一二年四月　岡山大学非常勤講師（平成一九年三月まで）
二四年四月二九日　瑞寶中綬章

Ⅱ　社会における活動

昭和五一年四月一五日　岡山県御津郡加茂川町立統合中学校の位置についての学術調査委員会委員兼事務局長（委員長・倉敷市立短期大学教授　虫明玑）　昭和五二年四月一六日まで。
五六年六月　文部省中学校学習指導要領道徳の改善に関する調査研究委員（同五七年三月まで）
六一年九月五日　文部省中学校学習指導要領道徳の改善に関する調査研究委員（平成元年三月三一日まで）
六二年四月三〇日　倉敷市総合社会教育センター（仮称）基本構想委員会委員長（同六二年九月一四日まで）この報告書が「ライフ・パーク倉敷」の原案となる。
六二年六月　岡山県教育委員会学校道徳教育振興会議副会長（平成九年七月まで）

六二年六月　岡山県教育委員会生産学習データバンク検討委員会委員長（平成八年三月まで）
六二年六月　岡山県教育委員会家庭教育総合推進企画委員会委員（平成四年三月まで）
六三年四月　日本教育大学協会全国教育実習研究部門副代表（平成三年三月まで）
六三年六月一七日　学校法人四国学院理事（平成五年一一月七日まで）
六三年八月　岡山県教育委員会教員の資質向上連絡協議会委員（平成二年三月まで）
六三年八月　岡山市婦人問題対策協議会委員（平成二年九月二六日まで）
平成元年二月二五日　岡山県御津郡御津町教育施設等検討委員会委員長（同二年一月二二日）
平成二年二月　岡山県青少年学校外活動調査研究協力者会議議長（平成三年三月まで）
二年三月　岡山市生涯学習推進協議会会長（同九年三月まで）
二年四月　岡山大学教育学部教職員意識調査研究会会長（同三年一二月まで）
二年九月二七日　岡山市婦人問題対策協議会副会長（平成一〇年八月二九日まで）
三年四月　日本教育大学協会全国教育実習研究部門代表（同四年三月まで）
四年二月三日　倉敷市生涯学習推進協議会委員（同一二年七月三一日まで）
四年七月　財団法人岡山ふれあい公社理事（同九年七月まで）
五年一〇月　岡山県学校道徳教育研究会会長（同一九年一月まで）
六年七月　岡山県環境審議会委員（同一二年八月三一日まで）
一一年八月九日　倉敷市教育委員会「よりよい成人式を考える会」会長（同一一年一〇月一

一九年四月　岡山県道徳教育研究会会長（現在に至る）
二日）

Ⅲ　主要編著書・論文

昭和四一年　『グリーンの倫理学』（明玄書房）
四四年　「日本におけるグリーン研究文献ノート」（虫明竑編『コスモス』）
四九年　『トマス・ヒル・グリーン研究』（理想社）
五六年　虫明　竑・行安　茂共編『綱島梁川の生涯と思想』（早稲田大学出版部）
五六年　『イギリス・アメリカ滞在日記』（自費出版）
五七年　行安　茂・藤原保信共編『T・H・グリーン研究』（御茶の水書房）
六〇年　「『道徳教育の研究』の授業改善と評価の方法」（日本教育大学協会研究促進委員会編『教科教育学研究』第2集）
六〇年　『価値選択の道徳教育』（以文社）
六〇年　行安　茂編『虫明　竑先生を偲んで』（虫明竑先生追悼記念会）
六二年　行安　茂編『行安美船・わが生涯』（西日本法規出版株式会社）
六三年　『デューイ倫理学の形成と展開』（以文社）
平成　元年　行安　茂編『母の生涯を回想して』（西日本法規出版株式会社）
三年　行安　茂編『森滝市郎先生の卒寿を記念して』（大学教育出版）

五年　『自己実現の道徳と教育』（以文社）
九年　『私の教職遍歴』（山陽図書出版株式会社）
九年　『綱島梁川』（大空社）
一〇年　「オックスフォード理想主義」（イギリス理想主義）、「シジウィック」、「倫理学の方法」（『岩波　哲学・思想事典』岩波書店）
一一年　行安　茂編『近代イギリス倫理学と宗教』（晃洋書房）
一一年　行安　茂編『「生きる力」をはぐくむ道徳教育』（教育開発研究所）
一二年　『生命倫理の問題と人間の生き力』（北樹出版）
一四年　『人間形成論入門』（北樹出版）
一六年　岡山県立金川高等学校創立百二十周年記念事業実行委員会・編集委員長行安茂『岡山県立金川高等学校創立百二十周年記念誌』（山陽図書出版株式会社）
一九年　行安　茂『行安家一族の系譜』（合資会社柳本商店印刷部）
一九年　『近代日本の思想家とイギリス理想主義』（北樹出版）
二〇年　日本道徳教育学会編（行安茂編集委員長）『道徳教育入門』（教育開発研究所）
　　　　『道徳教育の理論と実践』（教育開発研究所）
二一年　行安　茂編『父の思い出―没後四一年記念―』（合資会社柳本商店印刷部）

二二年　日本デューイ学会編〈行安　茂編集委員長〉『日本のデューイ研究と二一世紀の課題』（世界思想社）

二四年　行安　茂・廣川正昭編『戦後道徳教育を築いた人々と二一世紀の課題』（教育出版）

二四年　行安　茂「西田幾多郎とT・H・グリーン」（京都大学大学院文学研究科日本哲学史研究室、『日本哲学史研究』第九号）

二六年　行安　茂編『イギリス理想主義の展開と河合栄治郎』（世界思想社）

二七年　『道徳「特別教科化」の歴史的課題―近代日本の修身教育の展開と戦後の道徳教育』（北樹出版）

二九年　『戦後71年の回顧とイギリス・アメリカ思想―私の研究遍歴―』（桜美林大学北東アジア総合研究所）

三〇年　『アクティブ・ラーニングの理論と実践』（北樹出版）

三〇年　『河合栄治郎の思想形成と理想主義の課題』（一般財団法人アジア・ユーラシア総合研究所）

著者紹介

行安　茂（ゆきやす　しげる）

一九三一年　岡山県に生まれる。
一九五四年　岡山大学教育学部卒業
一九六一年　広島大学大学院文学研究科倫理学専攻博士課程単位取得修了
一九六五年　文学博士（広島大学）
現　在　岡山大学名誉教授
日本イギリス哲学会名誉会員
日本イギリス理想主義学会会長
日本道徳教育学会会長代行
日本デューイ学会理事
比較思想学会評議員
岡山県道徳教育研究会会長
Life Member of International Council on Education for Teaching (USA)

あとがき

今回、『私の人生遍歴―七転び八起きのチャレンジ』が吉備人出版から刊行できたことは私の長い間の夢でもあり、大変嬉しく思っている。「まえがき」でも書いたように、私の人生の原点は一四歳である。一歩間違えばこの時期はマイナスの方向に走る可能性があったが、小学生以来兄姉の激励により、直情径行の私の性格はプラスの方向に展開した。しかし、これはいろいろな挫折と失敗を含んでいた。私は本書においてこれらを可能な限りありのままに述べた。本書の副題を「七転び八起き」とつけたのはこれが私の人生遍歴の事実であったからである。

私は二〇代半ばから今日に至るまで健康管理については十分注意してきた。すでに述べたように、二三歳から二五歳にかけ、坐禅の井上義光老師と西式健康法の創始者・西勝造医師に邂逅したことは私の健康増進に測り知れない影響を与え、今日に至っている。井上老師からは即今即呼吸になる坐禅の方法を教えられた。老師からは「徹州」居士号を授与され、私が学位を授与された時には「刻苦光明即現成」の色紙をいただいた。西勝造医師からは個別指導のとき、私の手や足をとり、上下左右の屈伸運動の仕方を指導していただき、今も毎日実行している。これは痔病の手術や前立腺肥大症の手術後の回復に顕著な効果を現した。これらの二つの東洋の知恵は私の研究生活を内外両面から支えてきた。それは外国書を読むときや論文を書くときにも非常に大きな力を発揮した。

私が今日まで単著共編著合わせて三〇冊以上を書き、刊行することができたのは、二人の偉大な指導者による陰の力があったからである。私は毎日坐禅（行住座臥の禅）と西式健康法の実行の後、散歩に出たり、畑の野菜作りの仕事をする時でも即今即呼吸の動作を実地に応用している。米寿を迎えた今日、私は人から「矍鑠として姿勢がよい」といわれることがある。それは以上述べた二つの心身のトレーニングの結果であるかもしれない。高齢になるに従って毎日いつも心と身体の動作とが自然に一体化するように心の平静に心掛けている昨今である。

最後に出版事情が極めて厳しい折から吉備人出版からすばらしい本書が刊行され、山川隆之社長に改めて深甚の謝意を表すると共に吉備人出版の益々の発展を祈ってやまない。

令和元年七月一六日

行安　茂

私の人生遍歴 ——七転び八起きのチャレンジ

2019年11月20日　発行

著　者　行安　茂
発　行　吉備人出版
〒700-0823 岡山市北区丸の内2丁目11-22
電話 086-235-3456　ファクス 086-234-3210
ウェブサイト www.kibito.co.jp
メール books@kibito.co.jp

印　刷　株式会社三門印刷所

製　本　株式会社岡山みどり製本

ISBN978-4-86069-599-6　C0095